En el lejero

Evelio Rosero

En el lejero

ALFAGUARA

Penguin
Random House
Grupo Editorial

Título original: *En el lejero*
Primera edición en Alfaguara: febrero de 2024

© 2003, Evelio Rosero
© 2024, de la presente edición en castellano para todo el mundo:
Penguin Random House Grupo Editorial, S. A. S.
Carrera 7 # 75-51, piso 7, Bogotá, D. C., Colombia
PBX (57-601) 7430700

Diseño de cubierta: Patricia Martínez Linares
Imagen de cubierta: © Piyanat Nethaisong (pájaro) y the_burtons (fondo), Getty Images

Impreso en Colombia-*Printed in Colombia*

ISBN: 978-628-7659-33-9

Compuesto en caracteres Adobe Garamond Pro
Impreso por Editorial Nomos, S.A.

A María Mercedes Carranza

I

La dueña del hotel le dijo que ese era su cuarto: abrió la puerta y señaló una celda, especie de cajón. La cama de piedra parecía otro cajón en la mitad. Y había en la pared un único lienzo, ladeado: el rostro de Cristo, pálido y sangriento, con un ojo desvanecido por la humedad. Era exactamente un Cristo guiñándote el ojo.

Acomodó el morral a duras penas entre la orilla de la cama y la pared, y se dispuso a dormir. Con el frío de la noche que calaba, con la dueña examinándolo, ya no era posible pensar en desnudarse. Se despojó de los zapatos y se deslizó en el hielo de las cobijas. No había almohada.

—Puede usar su morral como almohada —dijo la dueña.

Todavía seguía allí, en la celda, como si espiara. La iluminaba, a débiles ramalazos, un bombillo que colgaba del techo del corredor, zarandeado por el viento. Si se hubiese dormido —pensó él—, la repugnante dueña lo acecharía una eternidad.

Repugnante porque además de dueña administraba un expendio de pollos crudos, ubicado a la entrada del hotel. La misma dueña, pálida y rolliza, pelando una de sus escuálidas aves —que también ella criaba y alimentaba—, a medida que se guardaba las plumas de pollo en el delantal atiborrado, a medida que masticaba un cartílago crudo, te iba enseñando los aposentos del hotel. Un hotel idéntico al pueblo. El único pasajero del hotel eres tú. Y porque después de la travesía te has limitado a pedir *solamente la habitación más económica*, la dueña se ha decepcionado para siempre de ti, te ha conducido hasta el patio, por el corredor helado, y, con mueca de profundo desdén, ha señalado esa celda sin aire y sin luz, casi una cripta.

—Gracias —dijo él—. No necesito almohada.

La dueña siguió allí, en el dintel. Al fondo, a la mezquina luz del bombillo, pasaba la criada, con un balde y un trapero en las manos. Se detuvo para fisgarlo en la cama.

—Creo que voy a dormir —dijo él.

—Y quién se lo impide —repuso la dueña—. Duérmase tranquilo, que nadie lo va a robar. Y cuídese de las pesadillas.

Alcanzó a percibir que la criada —que era todavía una niña, de un rostro como gastado a la fuerza— asomaba su desproporcionada cabeza por debajo del brazo de la dueña, y oyó que decía algo, y no entendió qué decía. Sólo escuchó que ambas reían, se enrarecían en una temible risotada.

Pero él ya estaba dormido.

Soñó que no se encontraba en ese pueblo, en ese hotel, que su búsqueda no resultaba tan miserable como para dormir allí, en mitad de aquella celda, en ese pueblo, en ese hotel. Entonces abrió los ojos. Allí seguía él, en mitad de la noche, en mitad del silencio que el viento acrecentaba. Iba a moverse, reacomodarse y continuar el sueño cuando descubrió acorralado que también en la penumbra de la puerta seguía la dueña, de pie, desplumando otro de sus pollos, trozando con los dientes el cartílago, acompañada de la criada. Ya no hablaban ni reían, pero seguían pendientes de él. Se escuchó al fin la voz de la criada:

—Creo que ha despertado —dijo.

—No —repuso la dueña—. Todavía sueña que no se encuentra en este hotel, en este pueblo, que está lejos de aquí.

Y suspiró:

—El pobre viejo sufrirá mucho cuando abra los ojos.

—A mí me pareció escuchar que abrió los ojos —insistió la criada—. Pude oír sus párpados abriéndose.

—Tú oyes hasta lo que nó.

La dueña avanzó. Él lograba distinguir su bulto en la noche, inclinándose. Olió la carne cruda del pollo que enarbolaban sus manos, próximo a su cara. Cerró inmediatamente los ojos.

—Está dormido —dijo la dueña.

—Y va a amanecer —dijo la criada.

Y ambas se retiraron sin ruido, y cerraron cuidadosamente la puerta.

Ya en la madrugada, que era sábado, la dueña le pidió que comprara, en la tienda, una o dos trampas para ratones. «Abundan», gritaba desde la puerta del hotel, mientras él descendía por la calle, atento involuntariamente a sus zapatos: pisaban niebla en lugar de tierra. Niebla y ratones —descubrió—, cadáveres de ratón diseminados como a propósito, secos y ennegrecidos, aquí y allá, contra un horizonte como de plástico. Era el amanecer y un frío de hielo caía a raudales desde el volcán. La calle bajaba entre charcos como espejos recién rotos; en sus orillas los cadáveres de ratón, tiesos, congestionados, las patas como si invocaran, parecían todavía intentar acercarse al agua. La noche anterior, cuando llegó al pueblo, aquello que pisó como hierba blanda —a veces duros matojos, a veces espinas crujientes— eran ratones. Con toda razón traqueaban las suelas de sus zapatos; eran las cabezas de los ratones, que él pisaba, partiéndolas, sin advertirlo, eran los huesos de sus patas, las colas tiesas.

Ahora, en la madrugada, descubría por fin el montón infinito de ratones fosilizados, y en su horizonte se vio él mismo, asomado, igual que una sombra arrepentida de encontrarse allí, en la cima desconocida de esa calle, en ese pueblo sembrado de ratones, en ese pueblo que bordeaba la cordillera, en ese pueblo que limitaba a un lado con el volcán y al otro con el abismo.

Un ave se escuchó aletear arriba, con fuerza, unos instantes, a pocos metros de su frente, y no le fue posible distinguirla: veloces y grises los jirones de niebla se cernían sobre el pueblo, separándolo del cielo.

En toda la calle, a trechos, utensilios ya inútiles, diseminados, sobresalían como los cadáveres de ratón entre la niebla. Vio ollas y tazas de peltre perforadas, botellas de aguardiente despedazadas, una muñeca de plástico sin cabeza —su piel casi humana resaltaba en la niebla, las diminutas manos abiertas, como encendidas, parecían escarbar en la niebla—, vio contra un muro un gran santo de madera rajado por la mitad, carbonizado de cabeza a pies como por un rayo, un calzón de mujer color carne entre el barro y de pronto una antigua dentadura postiza con sólo tres dientes, rota y enlodada pero como disponiéndose a morder. Apartas los ojos de sus dientes. De las rejas de una de las ventanas que orillan la calle cuelga ante ti una gran cabeza de perro, atada con una soga. Pende su hocico abierto, estrangulado. Una nube de moscas se puede oír alrededor de la cabeza, dentro del hocico, en las puntiagudas orejas. Regresan otra vez los invisibles aleteos, y resbala a tu lado, por fin, desprendiéndose del fondo más alto de la niebla, la figura borrosa y enorme de un cóndor que se posa, un cóndor más blanco que negro, desnudo el pescuezo, sus dos alas inmensas desplegadas, después encogidas, los enrojecidos ojos atentos, las garras trizando las piedras, y se acerca de un salto a su presa, y da un vigoroso picotazo, sin descuidar para nada tu paso presuroso junto a él.

Ayer atardecía cuando llegó. Era viernes. «Si me preguntan, diré que me llamo Jeremías Andrade, tengo setenta años…».

No quería sentirse viejo sino enfermo: el viaje le dolía en los músculos del cuello, en las rodillas, el corazón. Lo distrajo el paisaje: le pareció un pueblo mudo, bañado en agua, de calles gredosas y empinadas, negocios sellados, perros famélicos torciendo las esquinas, casas desteñidas, y esa pertinaz llovizna de briznas de hielo, exasperante, que se metía en las pestañas igual que alfileres, obligando a cerrar los ojos. Cerrada la noche vio una cancha de fútbol escasamente iluminada donde un muchacho alto y esmirriado correteaba detrás de una blanca cabeza de mujer —¿una cabeza de mujer?, una blanca cabeza de anciana—, y la pateaba, en mitad de los charcos que parecían reventarse de luces. Entró a la cancha, que era la prolongación de la plaza de mercado, sumido en la duda, y se aproximó al muchacho, con la esperanza de una charla, no sólo sobre la cabeza que rodaba, ¿por qué jugar con la cabeza de una anciana?, sino simplemente la esperanza de una charla, hablar por primera vez después de un viaje de horas de silencio, y hablar con un habitante del pueblo, en el pueblo, oír la voz del habitante, y oír la propia voz, para acabar de reafirmarse en el viaje, acabar de llegar, hacerse vivo, aunque para vivir hubiese necesidad de preguntar al muchacho si eso que pateaba era la cabeza de una anciana, y por qué pateaba la cabeza de una anciana; no pudo hablar: tan pronto lo soslayó el muchacho recogió la cabeza y echó a correr, al otro lado de la única luz. Él quedó solo en la cancha. Un pájaro nocturno dejó oír su canto prolongado, ronco, desde la fronda de un eucalipto, y la llovizna renovó su percusión por todas partes, como si respondiera.

Entonces pasó a la plaza, ante la iglesia, todavía preguntándose si la cabeza de anciana era de las que se usan en los carnavales —esculpidas en madera y cartón—, o si era una auténtica calavera, una muy reciente calavera, porque el pelo blanco la cubría y sus trenzas descoloridas golpeaban el agua de los charcos. Siguió solo, merodeando por esa plaza de mercado patasarriba, entre los toldos de lona derribados, las tiendas de andamiajes desmontados y los fardos de basura. Era el único lugar pavimentado del pueblo: sucio de cáscaras y ratones, de estopa y crin de caballo, de tarros oxidados y pilotes calcinados, tenía tramos renegridos y aún secos, y otros como pequeñas lagunas donde además del temblor de la llovizna se creía distinguir la llama de un agua roja como la sangre, ¿sangre?, por fin te acercabas a verificar, incluso te arrodillabas, para ubicarte mejor a la luz del único bombillo, y alargabas la mano y sumergías el dedo índice y después lo contemplabas con atención, hasta que te resolvías y probabas con la lengua, a la escasa luz del poste de alumbrado, y sí, descubrías, era sangre, seguramente de una res que fue degollada en la misma plaza de mercado, la plaza usada provisionalmente como matadero, ¿o era sangre de la cabeza de mujer que el muchacho pateaba?, se preguntaba eso cuando se inclinó ante él un recién llegado, sólo un instante arrimó el aliento a su oído, el fugaz perfil de compadre compadecido, y le dijo como si respondiera: «Allí tajaron a uno, allí donde usted está arrodillado, fue allí donde se dio cuenta de que se empezaba a morir». Te enderezaste para mirar su cara, pero ya el desconocido había saltado a la calle, a la noche, desapareciendo. Alrededor las piedras mojadas, los todavía insospechados cadáveres de ratón, la iglesia. Esa gris y rectangular proyección de bloque de ladrillo con ventanitas que era el convento de las Carmelitas Descalzas, en donde a esa hora de la noche —detrás de la llovizna— se oía que cantaban.

II

El camión lo había dejado a la entrada del pueblo, junto a la tienda.

El camión ya sólo era un rastro de humo por la carretera que desaparecía, en el atardecer.

A su lado iba oscureciendo velozmente en las esquinas, todas asomadas al abismo: nubes moradas y azules se arremolinaban, se despedazaban con rabia, violentando la atmósfera. El sol se precipitaba. A sus últimas luces había llegado él a ese pueblo. A esa fila de casas al filo del abismo. A ese pueblo cruzado por calles que subían y bajaban como cuchillas, a ese pueblo hecho a base de puntas de triángulo.

Atardecía aún. En la frialdad de la primera calle vio tres hombres que bajaban, por aparte, distanciados, los cuerpos echados para atrás, como si temieran rodar al abismo, los brazos como péndulos, tan arqueados los cuellos que parecían ofrecerlos a un verdugo invisible, y vio a otros tantos que subían la misma calle, pero encorvados, rendidos a plenitud, casi a punto de rozar la tierra con las rodillas, de modo que al cruzarse los que bajaban y los que subían parecían seres de mundos distintos, y no se saludaban; era como si cada uno pretendiera ser el único, o dar a entender al otro que podía seguir tranquilo, que nadie era testigo de nada, que no se habían visto nunca.

Descargó el morral en la cúspide de esa esquina, para descansar. Ninguno de los que subían y bajaban lo saludó: no saludó a nadie. Creyó entrever que eran hombres jóvenes, pero actuaban y caminaban como centenarios, los rostros enrojecidos, los gestos espeluznados, como signados por el íntimo fastidio de tener que cruzarse en la misma calle y fingir no verse y compartir el mutuo fingimiento —igual que un suplicio—. Eso parecía afrentarlos. Prefirió, como ellos, ignorar que lo ignoraban. Sesgó los ojos; vio, detrás de las empañadas siluetas de los hombres, como asiéndose de los últimos rescoldos de luz, los picos de las montañas, y, de pronto, igual que un asombro compacto de hielo, se le reveló el volcán, de cristal azul, evanescente, su cumbre iluminada por la nieve, lo vio por entero y ya no lo vio porque lo cubrió de inmediato un torrente de niebla: en ese solo segundo el volcán lo encandiló; después sólo fue una turbia presencia triangular como el pueblo, pero un coloso cruzado de brazos, de una imponencia amenazadora.

En esa esquina se le hizo la noche completa. Se decidió a dar una vuelta y terminó en la plaza —el muchacho que pateaba la cabeza, el fugaz desconocido—. Abandonó la plaza y regresó a la primera esquina, a su cúspide, sin proponérselo. Ahora opacos bombillos alumbraban a trechos cada calle. Todavía esperó un buen tiempo hasta que otra voz, pero una voz enternecida, «Voz de la cabeza de mujer vieja», pensó, voz nacida quién sabe de dónde y quién sabe por qué, le dijo que había un hotel en el pueblo, y le dijo dónde quedaba. «Hay un hotel allá arriba», le dijo. Su acento, igual que un eco, recorría la calle que bajaba y subía y bajaba y volvía a subir como una raya por la misma mitad del pueblo, y desembocaba en la cima, el hotel.

Ahora, en la plomiza madrugada del sábado, camino de la tienda, se abrió de golpe una puerta amarilla y emergió una vieja revuelta de ira como una imprecación. Oscura, veloz, armada con un balde, balanceó los brazos y arrojó agua sucia a sus pies. Él debió saltar para atrás. Después oyó el golpe de puerta y el silencio acérrimo, otra vez. En las aguas negras que escurrían encima de cadáveres de ratón vio como distendiéndose los huesos de pollo, las patas de pollo, las cabezas. Detrás de una ventana abierta dos caras de niños aparecieron y desaparecieron, aparecieron otra vez y rieron con fuerza y desaparecieron —con todo y risa, tragados por la niebla—.

Cuando los niños rieron él metió las manos a los bolsillos, como un gesto instintivo de protección: quería fumar. Y comprobó que dejó los cigarrillos en la habitación, y nunca como en ese momento quería fumar un cigarrillo. Desde hacía un año, desde que empezó a buscar, volvió de nuevo a fumar, y la risa de los niños lo provocó, de simple espanto. Lo congeló la risa. «Debí ponerme dos camisas», pensó. Pero no iba a esperar hasta la tienda para fumar. Regresaría al hotel: quedaba más cerca.

Ya se había tomado un pocillo de café como desayuno y le faltaba el cigarrillo. Se tomó el café a solas, en la celda, porque la dueña y su criada consideraron que no usaría el comedor, que no gastaría en un par de huevos fritos. Se tomó el café, además, frío. Se lo sirvieron frío la dueña y la criada en su celda porque, según ellas dijeron, «no creemos que usted tenga para el desayuno, ¿cierto?», y se quedaron con él todo el tiempo, aguardando su protesta, enfurruñadas, finalmente preocupadas y vencidas porque él dijo que saldría a pasear por el pueblo, que iría a la tienda. Entonces la dueña lo siguió hasta la puerta del hotel, y, ya él en lo alto de la calle, entre la niebla, le pidió a gritos que comprara dos o tres trampas para ratones, «Abundan», le había gritado, como una venganza. Había arrojado como una maldición aquella advertencia.

Regresaba al hotel, en busca de cigarrillos, subiendo la calle empinada, y divisaba la fachada que crecía, insoslayable, sin misericordia, como el mismo volcán, oprimiéndolo. Ya la dueña no se encontraba en la puerta. La vetusta fachada resaltaba por eso más sola, abandonada, como la entrada a un cementerio. Tuvo esa impresión contemplando por primera vez con detenimiento el edificio donde había empezado a vivir desde la noche anterior. El único, inevitable hotel. Casona en lo alto de una colina, que no colindaba con otra casa —excepto la calle empinada—, y tenía como todo distintivo encima de la ancha puerta un rótulo de latón: HOTEL, y, más abajo, en un tablón ordinario, con letras pequeñas, inseguras: *Ce bende poyo crudo.*

Ayer en la noche le había parecido un edificio solamente retirado del pueblo, al final de una calle que subía. Ahora, en esta mañana de ruinas, le parecía un cementerio. Pasó junto al sucio mostrador, donde colgaban los pollos crudos.

No había —pensó— necesidad de nevera. El pueblo entero era una nevera donde cada cuerpo de cada habitante daba frío, lo provocaba: eso sintió con la dueña y la criada. Eso sintió cuando las opacas siluetas de los tres que bajaban y los tres que subían pasaron junto a él, anoche, en la esquina, como si él no existiera. Dos de ellos incluso lo rozaron con sus ruanas, pero no pronunciaron palabra, sólo dejaron su rastro de frío y siguieron. El mismo frío orgánico, táctil, que sintió con la vieja que arrojó agua sucia a sus pies: sintió que además le arrojaba una bocanada de hielo que no sólo brotó de su cara sino de todo su añoso cuerpo abierto hacia él, otra agua sucia. Pero la risa de los niños le dio más frío, pensaba, fue la risa del frío, dolía en el corazón, del puro frío.

El frío que crecía al atravesar la puerta del hotel, a medida que rebasaba el pasillo hacia el patio, donde quedaba su celda, la más alejada del primer piso, empotrada a una orilla del antiguo patio desnudo de árboles. Se preguntaba por qué aumentaba el frío dentro del hotel. Tenía la nuca erizada, los pies de hielo, el corazón engarrotado. Era penoso caminar. En las delgadas olas de niebla, como al temblor de un espejismo, distinguió la espalda oscura de alguien en su celda; recordó que encima de la cama había dejado el equipaje. «Es la dueña», descubrió, «seguramente me ayuda con la limpieza». Hizo un gran esfuerzo para seguir; veía la espalda arqueada, arrebujada en un chal negro, sus pantorrillas en medias gruesas y negras, sus zapatones grises, sus brazos gordos que se movían. La dueña no lo ayudaba con la limpieza: se dedicaba a hurgar en su morral. «Qué puede encontrar», pensó. Siguió inmóvil, a espaldas de la dueña. La oía maldecir mientras esparcía toda su ropa por la cama y esculcaba dentro de sus medias, en los bolsillos de los dos pantalones, en las camisas; encontró los calzoncillos y empezó a arrojarlos indignada, hacia atrás, uno por uno, al tiempo que seguía esculcando; en eso vio volar el paquete de cigarrillos, con la ropa. El paquete había rodado a sus zapatos. Lo recogió y se alejó. Ya encontraría fuego, pensó. Y salió por segunda vez del hotel.

III

—Buenos días —oyó su propia voz, desconociéndola. Y la volvió a oír, entre la niebla, interrumpiendo el paso de un hombre gordo y corpulento que subía difícilmente por la mitad de la calle—: ¿Tiene que me regale fuego?

La niebla se reduplicó. Le pareció que anochecía en plena madrugada. El gordo llevaba puesto un gorro de lana descomunal, con orejeras. El rostro era colorado, de albino. Las rubias pestañas se agitaban veloces encima de los ojillos como rayas azules. El gordo subía al hotel, cuando él bajaba, y fumaba, de modo que él lo detuvo con un saludo, le dijo: «Buenos días», y el gordo repuso de inmediato: «De buenos no tienen nada», y se quedó esperando, avistando para todas partes, inspeccionándolo todo, menos a él. Fue cuando él le pidió fuego y el gordo soltó una risotada ficticia, dura: «Aquí le dan el fuego que quiera», dijo. Y extendió su cigarro, para que él prendiera el suyo.

«El fuego que quiera», pensó. Ya hubiera querido incendiar la muralla de ratones que los cercaba. Observaba el rimero de ratones, y los apartaba lenta, cuidadosamente, con la punta de los zapatos, haciéndose de un sitio despejado en qué poderse mover durante la charla, sin tener que pisar esas cabezas de ratón —pensaba— siempre sonoras, y por eso mismo escandalosas, como con vida. Si alguien se acercara a ellos lo podrían oír por los crujidos de las cabezas de ratón. Cada paso sería una advertencia.

Se ocupaba de encender su cigarrillo cuando el gordo resopló. Parecía acomodarse en el frío:

—Qué —preguntó—, ¿se queda en el hotel? —Intentaba verificar, con otro vuelco de mirada, que nadie curioseaba alrededor. No se veía a nadie, no se podía ver. Y, sin embargo, no dejaba de indagar en busca de otras presencias. De pronto todo su rostro, rojo, inmenso, marcado por las dos rayas de las pestañas rubias, se mostró a él, absolutamente interesado. Su voz cambió—: ¿Se queda en el hotel?

—Sí.

Hubo un silencio. Otro denso trozo de niebla pareció separarlos para siempre; sólo se distinguían las puntas encendidas de los cigarros. Pero al segundo las caras reaparecieron, los ojos, los cuerpos borrosos detrás de la fina llovizna que empezaba a escucharse en los charcos.

—Yo también —dijo el gordo. Recibió su cigarro y se quedó examinando la punta encendida. Todavía no lo miraba a los ojos—. Pero hoy no dormí en el hotel —dijo—, ni hoy ni ayer, hace meses que no duermo en el maldito hotel. La dueña es una ladrona. No duermo donde ella y la muy abusadora me sigue cobrando día por día, porque no le digo oficialmente que ya no soy del hotel.

Volvió a callar, tan repentinamente como había hablado. Su cara sudaba en el frío, ¿aguardaba que le preguntaran?

—¿Y usted le paga? —preguntó él.

Por fin el gordo lo miró directo a los ojos, un instante. Tenía los ojillos realmente azules, el blanco de las córneas enrojecido. Lo había atisbado con furia.

—¿Me cree bruto? —preguntó.

De nuevo la niebla los separó eternamente. Sólo se oyó la voz del gordo, como si se compadeciera, cada vez más lejana:

—Yo la dejo que haga su juego. Me sirve un buen desayuno. Yo hago de cuenta que sigo siendo su inquilino, y ella que tarde o temprano le voy a pagar.

De nuevo la niebla fue arrastrada por el viento, y ambos reaparecieron.

Él vio la bota negra del gordo, la punta dura y cuadrada que apagaba el cigarrillo, estrujándolo encima de la panza hinchada de un cadáver de ratón.

—Son cientos de ratones —dijo él.

—Ratones —repitió el albino, con amargura—. ¿Cuáles ratones?

Y sacó del bolsillo una botella de aguardiente. Se dio un largo trago, sin ofrecer, guardó la botella y después encendió otro cigarro: lo aspiró con desesperación y volvió a mirarlo por segunda vez, esta vez sin furia, una fulgurante malicia en las diminutas pupilas:

—¿Y ya conoció a la enana?

—¿Enana?

El gordo rio, esta vez con sinceridad:

—¿Está por allá la enana? —dijo.

—Cómo, ¿entonces no es una niña?

Volvió a sentir los ojos rabiosos, descifrándolo.

—Cuál niña, carajo. Esa es una enana hijueputa, y bien puta que es. No más alárguele la mercancía y verá cómo se la come, güeva por güeva y hasta el corazón. Hay que tener riñones pa complacerla. Esa atiende a treinta en un santiamén, aunque también por ella voy. Después del desayuno, que venga la enana. En este puta pueblo es el único hueco que encontrará; lo demás son monjas, adiós.

Siguió subiendo y él siguió bajando. No pasó mucho cuando el gordo lo llamó, desde lo más alto de la calle, justo cuando él se disponía a subir la calle siguiente.

—Viejo —gritaba—. No me dijo cómo se llama. Déjese ver, me cuenta qué vino a hacer. Usted me cae bien, yo, aquí, en este pueblo, me llamo Bonifacio.

Detrás de su inmenso gorro se vislumbraba el hotel, el cadavérico tejado. El gordo arrojó su cigarro encendido a la niebla, y no esperó a que él respondiera. Desapareció.

—Me llamo Jeremías Andrade —dijo él, para nadie.

Recordaba dónde quedaba la tienda, a la entrada del pueblo, en el extremo opuesto, más abajo que arriba, bajando como la cordillera, pero siguió en sentido horizontal, doblando por la tercera esquina, buscando el borde del pueblo que colindaba con el abismo. Desembocó en el lodo. No parecía una calle sino una angosta carretera, delimitada en una orilla por arbustos mojados —ante el abismo—, y en la otra una entrecortada hilera de casas.

Sobre las cumbres sí se veía el cielo; la niebla se hundía. Al borde del precipicio le pareció que el frío podía distinguirse en las piedras, que era azul, como humo, y flotaba en las distantes piedras inmensas, se diseminaba como humo por toda la selva partida, entre los frailejones blanquísimos, se trenzaba a los árboles, saltaba al abismo. Lo absorbió el frío, sus despeñaderos azules, un precipicio hondo, solemne, como de catedral. Mucho más abajo, el delgado río cruzaba igual que una cinta iluminada debajo de la niebla.

Cuando se volvió a mirar las casas, en la otra orilla, las encontró todas cerradas, flacas, desmanteladas, se diría que abandonadas.

La carretera brillaba de charcos, a pedazos. Se oían correr los arroyos. A lo lejos, un carretero subía hacia él. Lentos, como con dolor, el caballo y el carretero parecían inmóviles en la distancia, casi retratos; el carretero iba de pie, un sombrero claro entreocultaba su rostro. En la carreta, una carga enorme, desconocida, hacía sufrir al caballo. Debía cargar fardos. Fardos de algo, pero fardos, pensó, fardos de cabo a cabo. Y era que de vez en cuando el carretero se detenía realmente, y, realmente, se agazapaba sobre el suelo con su pala negrísima y recogía paladas de algo —de manchas, de piedras oscuras— y las arrojaba al interior de la carreta: eran los ratones, descubrió, el carretero se dedicaba desde temprano a limpiar el pueblo de ratones. Eran tantos, pensó, allí estabas tú, pisando corazones de ratón con tus zapatos, en el hedor de sus cadáveres, y ya empezabas a acostumbrarte. Un día te acostumbrarás tanto que ni siquiera te darás cuenta.

Tenía que empezar a buscar, en ese pueblo, tenía una sola pregunta que abarcaba todas las preguntas, pero ¿cuándo iba a empezar? Si bien había llegado apenas la tarde anterior, ya era tiempo de preguntar, o por lo menos pensar a quién debía preguntar, ¿a la dueña, a la criada, al gordo que dijo que en este pueblo se llamaba Bonifacio? ¿Al carretero que se aproximaba?

Prefirió escabullirse por la esquina, hacia la médula del pueblo, la plaza de mercado. En ese momento, en el hedor de los cadáveres, no hubiese podido hablar con el carretero ni con nadie, ni pronunciar la mitad de la primera pregunta sin que se interrumpiese para arrojar el estómago y el alma.

Debía ser temprano todavía para el pueblo; ya no encontraba a nadie en las calles. Se acercaba al convento; oía venir desde sus claustros el primer cántico del sábado, levísimo, transparente; más allá despuntaba la iglesia; un humo azul hacía espirales detrás de sus patios; aves repentinas se remontaron en la niebla hasta desaparecer, y entonces —demoledora, contradiciendo la ausencia de habitantes— vio a una monja de hábito blanco que acababa de abrir —entornándola— la ancha puerta de metal del convento. Al verlo, la monja cerró de nuevo la puerta, con estruendo, el rostro congestionado, aterrado. Él miró alrededor: él era el único habitante de la calle, la única causa del terror.

Siguió avanzando. Ahora oía con más claridad el cántico de las monjas. Pero dejó de oírlo frente a la iglesia, cuando descubrió —esparcidos sobre las escaleras de piedra, ante las puertas cerradas de la iglesia—, cuerpos y más cuerpos de hombres que dormían con el sombrero puesto, las ruanas embozalándolos, las manos abiertas extendidas entre cadáveres de ratón, las manos buscando todavía las botellas de aguardiente vacías; también ellos parecían muertos, por su quietud enorme, porque todos estaban sin zapatos.

Uno de esos rostros derrumbados, enjuto como un cuchillo, trozado de arrugas, se irguió un instante y habló en sueños, la voz un susurro: «Es mejor que se devuelva», dijo.

La advertencia lo inmovilizó, como si aguardara a oír más, como si esperara a que el dormido despertara y se explicara. No despertó, no dijo más. Y como si el silencio señalara que la advertencia no tenía que ver con él, que él quedaba eximido de la fatalidad, siguió de largo. Hizo un ademán con la mano, como si se despidiera.

Y desembocó en la plaza de mercado.

Ahora, igual que si tropezara, encontró un grupo de niños en mitad de la plaza. Rodeaban algo, un bulto de algo, y de vez en cuando lo empujaban con los pies, lo hacían variar de postura, se reían. Era la misma cabeza de perro que él había visto colgando de una ventana, la calavera del perro, mondada hasta el marfil, a picotazos. Siguió avanzando. De modo que la habían descolgado para llevarla como trofeo hasta la plaza, pero ¿a quién se le ocurre colgar de su ventana una cabeza de perro?, se preguntaba al detenerse frente a los niños; eran seis o siete, de doce años para abajo, y tan pronto repararon en él abandonaron la cabeza de perro, huyeron un corto trecho, sin dejar de atisbarlo. Retrocedían hacia la calle que bordeaba la plaza de mercado, de casas idénticas, todas del mismo verde claro. Una de ellas sobresalía por su puerta con letrero: *Hospital*. Eso lo distrajo: el hospital como cualquier otra casa. De una de sus habitaciones, en la casi total oscuridad de su ventana abierta, le pareció que brotaba la figura amarilla de una mujer, y que su cara de ojos inmensos los contemplaba. La boca desvanecida, amarilla, se entreabría. Sintió que sus ojos lo vigilaban, a él más que a los niños. Y como los niños seguían retrocediendo a medida que él avanzaba, se detuvo otra vez. Los niños hicieron otro tanto. No vio en toda su vida caras con más odio y miedo revueltos. Se disponía a hablar con ellos, decirles cualquier cosa y convencerlos de que él era de carne y hueso como ellos, cuando uno de los menores, el más pequeño, que tenía un solo zapato —el otro pie sucio de barro—, se agachó y tomó una piedra y la arrojó contra él: debió ser por lo pesado de la piedra, y porque el niño carecía de fuerzas, que la piedra describió un lento y blando círculo hacia él. No tuvo más que estirar la mano y recibirla en mitad de la palma, como si se la hubiesen arrojado para que él la recogiera. De inmediato, gritando, los niños echaron a correr, dando por seguro que iba a arrojarles la piedra.

Huyeron.

Se quedó con la piedra mojada en su mano, fría como un trozo de hielo, negra, y la tiró por fin junto a la cabeza de perro. Siguió calle abajo, ya decidido a ir a la tienda, y entonces oyó que de la ventana abierta del hospital, desde su oscuridad amarilla, la mujer lo llamaba.

—Señor —se oyó su voz espesa—. Señor —se volvió a oír, más alta, el roce de una mano atrayéndolo por la fuerza—. Venga.

Entre más se iba acercando más sentía el hielo humano que surgía de la mujer, no sólo de su voz sino de cada uno de sus poros, la mujer que volvía a llamarlo, lo determinaba a él de entre la niebla, el hielo que pareció multiplicarse ahora con la mujer de medio cuerpo presente, asomada a la ventana, el rostro joven aunque endurecido, el pelo en desorden, las dos pupilas como teas en la niebla, recién levantada de la cama, las grandes ojeras en torno a los ojos furiosos, la voz revestida de una ternura ficticia, una afilada curiosidad. Tenía una camisa de tela burda, amarilla, y los lazos que bajaban desde el cuello hasta el corpiño se derrotaban por la abundancia de los senos. «Señor —repitió como una daga—, dígame usted cuántos años tiene, usted no es un chiquillo».

Siguió mirándola en silencio, sorprendido. Quería descubrir qué se proponía, anticiparse. Fue inútil. Oyeron el canto de un pájaro. «Me llamo Jeremías Andrade», empezó, y ella, de inmediato, interrumpiéndolo: «¿Y le parece bien que un viejo como usted amenace a los niños con piedras?».

—Nunca los amenacé —dijo él.

Quiso explicarse, pero la mujer lo interrumpió con un grito sordo, zarandeando contra él las manos abiertas:

—¿Cree que no me di cuenta?, ¿me cree tonta? Allí estaban los hijos del Bonifacio, le juro que si yo voy y cuento que usted amenazaba a los niños con piedras, el Bonifacio viene y lo mata de dos tiros en su maldita jeta.

Y cerró la ventana con fuerza.

Compró fósforos en la tienda, una bolsa de pan, media docena de velas, y otro paquete de cigarrillos. Cuando pidió trampas para ratones el tendero se lo quedó mirando detrás del mostrador, como si aguardara a descubrir si se burlaba de él o hablaba en serio.

El tendero era un hombre joven aunque canoso, con grandes gafas de montura blanca, los llorosos ojos detrás, verdosos, frenéticos. Una larga bufanda negra ceñía tres veces su cuello. En un rincón de la tienda, sentada en una mecedora, los oía una mujer vieja, de luto riguroso. Era ciega, pero sus ojos —entreabiertos como pequeñas espumas de algodón— parecían vivos, parecían palpitar inquisidores en una y otra dirección. Tenía las manos aferradas a la empuñadura de un bastón, y con él se ayudaba para balancearse en la silla.

—¿Trampas? —preguntó el tendero—. ¿Le dijeron en el hotel que yo vendo trampas para ratones? Lo tomaron del pelo, señor —el tendero sonrió, sin ganas, y puso la mano grande y rosada encima del mostrador, con las vueltas de la compra.

Ahora los ojos de la ciega parecían mirar profundamente otras regiones. Se oyó su voz aguda:

—En este pueblo no sirven las trampas para ratones.

El tendero se volvió a ella:

—Déjalo, madre, es sólo un recién llegado.

—Aquí sólo sirve el veneno —siguió la ciega, impertérrita—, y por eso no existen los gatos, ¿o los oyó maullar?, los gatos se murieron comiendo ratones.

—Te digo que lo dejes, este hombre no es de este pueblo.

—Hay únicamente ratones, y hay que recogerlos y mandarlos a enterrar antes de que nos entierren a nosotros, ¿no le parece? Esos asquerosos ratones se vienen a morir desde todos los rincones del mundo; este es el pueblo de los ratones, el único pueblo del mundo donde vienen a morirse los ratones del mundo, el único, ¿también vino usted a morirse por estos lados?

—Madre —dijo el tendero.

La ciega dejó de balancearse en la silla. Se atenazaba al bastón, en mitad de las rodillas.

—Pero ¿es que no ha probado pollo en el hotel? —dijo—, ¿ya probó pollo en el hotel?, sabe a ratón, pendejo, aquí las pechugas de pollo las rinden con tripa de ratón, ¿o quiere burlarse de nosotros?, ¿le parece que preguntar sobre ratones es lo mejor que podía decir para empezar la mañana?, so vergajo, váyase a la gran mierda, hijo de puta, ¿o acaso no ha pisado todavía un solo maldito ratón?

—Nadie ha pisado un solo ratón —dijo extrañamente el tendero. Su mano y su boca señalaron las vueltas sobre el mostrador. Eran tres o cuatro monedas de mil. Eran, pensó él, las últimas monedas que le quedaban, su último dinero. Pero dijo: «Guárdeselas», y se dirigió a la puerta.

—¿Qué? —se oyó el grito de la ciega. Y la sintió incorporarse como si no fuera ciega y buscara encima del mostrador las monedas. Y oyó a sus espaldas el chasquido de las monedas contra la pared.

—Aquí sus putas monedas no sirven —gritaba la ciega.

IV

Regresaba al hotel. Llevaba en una mano la bolsa de pan, y en la otra el paquete de velas, y de nuevo subía la misma calle, para luego bajar. Todavía la furia de la ciega sonaba alrededor, en el silencio.

Entonces lo deslumbró el cielo que se abría. La niebla se desvaneció, sus últimos rescoldos se arremolinaron y disolvieron en las esquinas, dejando limpias las calles, transfiguradas de luz. Era un instante de sol, efímero y por eso mismo eterno, porque ocurría una vez al día. Fue durante ese instante iluminado cuando pudo ver las sombras de los niños reflejadas en el muro blanco de la calle, las sombras caminando a su lado, desvanecidas, avanzando en hilera sobre la sombra dispareja de los techos de las casas que orillaban el lado opuesto de la calle, el lado del abismo; después volteó a mirarlos realmente a su lado, caminando encima de los techos, caminando con él a medida que él caminaba.

Lo seguían.

Eran los mismos niños de la plaza de mercado, pero en esta ocasión los presidía el muchacho alto y esmirriado que ayer en la noche pateaba la cabeza de la vieja. Detrás suyo se agazapaban los niños, en fila india sobre los techos; allí reptaba el menor, el último de todos, asomado a él. Tan pronto comprendieron que él los había descubierto desaparecieron. Y, sin embargo, muy de vez en cuando, mientras él caminaba, una u otra cabeza se asomaba como un rayo y fisgoneaba. Desaparecieron para siempre cuando el instante de sol desapareció. Otra vez los jirones de niebla se apoderaron de las esquinas.

Se cruzó con él un parroquiano, metido en una ruana, embufandado, la indiferencia de la piedra, y luego otro, en la plenitud del silencio, como riéndose a escondidas, y más vecinos oscuros, que emergían de las puertas sin saludarse, sin una palabra, el mismo sombrero claro, algunos bastones, los rostros casi escondidos, pero todas las caras al fin como de espanto, una estupefacción recóndita en los semblantes, en todas las edades.

Ya en el hotel, se dio cuenta por primera vez de que el patio colindante con su celda era un basurero. Justamente un basurero de hotel, ¿cómo no se percató esa mañana? Veía diseminadas las piezas rotas de los lavamanos de porcelana, las tazas del water, completas pero resquebrajadas, algunas hacia arriba, otras bocabajo, otras de costado, pero todas como con cuerpos reales sentados encima, como si la sola presencia de las tazas, su forma de silla, provocara la presencia de los cuerpos. Igual ocurría con los tocadores de mujer: sus espejos de óvalo oscurecidos presagiaban la mujer sentada enfrente mirándose la mirada. Igual con las puertas, todas con sus marcos, dispersas como naipes de una baraja, recostadas a las paredes, a otras puertas, o al aire —muchas colgaban de una viga que atravesaba el patio—, pero realmente puertas abiertas, con sus picaportes dispuestos, porque sus pomos gastados delataban las manos asidas, las diferentes manos, puertas que alguien acababa de abrir, pensó, que alguien acaba de cerrar en este segundo y tú las oyes. Pensó en el único ruido igual en todas partes: las puertas cerrándose. Porque todo este último año de preguntas las escuchó cerrándose, en su búsqueda sin horizonte. En el piso desigual, de hierba, de tierra, de arena, había alfombras arrolladas, otra muñeca descabezada, la mitad de un balón de cuero, una bota de soldado, y de pronto un infinito montón de guitarras destrozadas, en un rincón blanco. Pensó que nunca habría terminado de contarlas ese día, y ahora pensó en un cementerio de guitarras.

—No solamente es mío el hotel —dijo la dueña, apareciendo detrás del montón de guitarras—. También son mías todas estas guitarras.

Se había hecho las trenzas, llevaba puesto un sombrero de fieltro, el chal negro, y avanzaba por entre los despojos de hotel igual que una labradora en su cultivo. Remontó las guitarras como subiendo por una escalera, pisando cuerdas que vibraban, trozando cajas y mástiles, reventando puentes y armazones, sembrando a cada paso una música enfurecida. Entonces se detuvo, la cara feliz, los brazos en jarra, encima de todas las guitarras.

—Sí señor —dijo—. También son mías estas guitarras, todas las he matado yo, porque mi marido, que Dios lo tenga con el diablo, era guitarrero. Una manera de vengarme de sus trampas fue quedarme con sus guitarras y rompérselas, porque él ya se murió, y yo quedé la única dueña, no sólo del hotel y las guitarras sino de todos los pollos de este pueblo, señor, los pollos muertos y los pollos vivos, todos los que usted podrá encontrar en este hotel o en el convento, casi son como mis hijos, los pollos que él jamás pudo comerse, ¿por qué?, por terco, su misma guitarra le partió el alma, prefería estarse más con su guitarra que conmigo en la cama como cualquier hombre con su cualquier mujer, ladrón de mis días, y voy a decirle una cosa a propósito, escúcheme: si hay algo que me indigne es que me roben, ¿sí me oye?, quiero pedirle aquí, el cielo testigo, que me pague por lo menos una semana por adelantado, o tendrá que irse, porque quién sabe qué puede pasar, ¿sí?, hoy o mañana usted amanece sin amanecer y ¿quién va a pagarme?, págueme para que los dos vivamos en paz, eso quería decirle desde ayer, apenas llegó usted, pero usted se veía tan asustado y cansado que preferí mirarlo dormir, el mismo susto y cansancio que lleva hoy, qué, cuénteme, ¿se quiere dormir?, ya está muy viejo para paseos, ¿por qué enciende ese cigarro?, usted no debería fumar.

Él se quedó contemplando el cigarrillo encendido. Pensaba en el muerto, el hacedor de guitarras, y se afligía sinceramente, hundido en un dolor que sólo hasta ese momento conocía. Porque también él era un artesano, o por lo menos lo había sido, ebanista por herencia, desde niño, pero más que eso tallador: hizo viejos de madera de tamaño casi natural —viejos parecidos a él, arrugados y fruncidos por un viaje a pie de cientos de años—, viejos que parecían empezar a hablar; viejos encorvados como él, que él vendía, tienda por tienda, esquina por esquina, para sobrevivir. Y por eso, porque él amaba y conocía la madera, tenía razón para admirar a cualquiera capaz de fabricar una guitarra, lo que era igual que inventar el sonido, pensaba, pulir hasta encontrar su transparencia exacta, el ánima necesaria en la madera, y lo entristecía de pronto, en la médula de las manos, ese cementerio de guitarras malogradas, a la intemperie, todo ese trabajo y toda esa música humillados.

La dueña descendió pisando fuerte del risco de guitarras; siguió a un recodo opuesto, serpenteando entre la selva de puertas alrededor, detrás y delante del vaivén de puertas cerrándose y abriéndose. Su sombrero parecía iluminado, vivo. De pronto la tuvo enfrente suyo, como si hubiese atravesado el patio de un negro ramalazo en mitad de la niebla, la sonrisa en la cara.

—Qué —preguntó—, ¿encontró las trampas para ratones?

Y se echó a reír. Y se detuvo intempestiva:

—Qué, ¿se puso muy brava la ciega? Esa dice que ve millones de ratones. Tampoco son tantos.

Se quedó a la expectativa. Después meneó la cabeza:

—Esa es así. Ve millones porque está ciega. Y ese hijo mal nacido se le muere un día de estos de rabia de perro, endemoniados, que se vayan al infierno, hicieron su vida trayéndonos trampas para ratones, así empezaron, vendiéndonos precisamente trampas para ratones, llegaron ellos y llegaron los malditos ratones, trajeron hembra y macho y los pusieron a procrear, los sin alma nos llenaron el pueblo de ratones.

Siguió riendo, a medida que se metía a través de una de las puertas que colgaba, y la atravesaba, como si realmente pasara al otro lado, pero sin que él, a causa de la niebla, la viera llegar al otro lado. «Tengo que estar dormido», pensó, «mis ojos no ven de cansados».

«Voy a dormir», se dijo ahora, y, como si dudara —no sólo de esa posibilidad sino de la otra: despertarse—, pensó: «Y después voy a despertarme». Iba camino de su celda y como si esa duda consigo lo hiciera detener, trastabillando, dijo en voz alta: «Me despertaré», y luego, repentinamente exhausto pero decidido: «Y entonces iré con el primero que aparezca y preguntaré, sean las horas que sean, y no pararé de buscar, porque este es el último sitio que me queda».

Llevaba más de un año buscando. ¿Se cansaba? Siguió quieto, encogido, engarrotado por el frío:

«Después no volveré a preguntar nada más a nadie».

En la orilla opuesta del patio, medio oculta detrás de los escombros, vislumbró su celda.

La puerta seguía entreabierta.

De adentro se oyó una risotada de mujer, brotó afilada de placer y rebeldía, se oyó cruzar como una saeta rizando el cementerio de guitarras. Una guitarra tuvo todavía la fuerza de estremecerse al paso de la aguda risotada: revibró, con todas sus cuerdas, hasta el quejido, en la opaca luminiscencia de la niebla.

Replicó el viento, mientras él avanzaba.

Allí, sentados al borde de la cama, debajo del Cristo guiñándote el ojo, como recién dispuestos a saludarte, enrojecidos, hundidos en un mismo sopor de cuerpos —pero siempre debajo del aliento del frío—, juntas las rodillas, lo aguardaban el hombre que dijo que en este pueblo se llamaba Bonifacio, y la enana.

Era, entonces, una enana.

La descubrió. La gran cabeza de mujer sobre un cuerpo de niña de diez años, el rostro pícaro sonreía; parecía un pájaro horrible porque le recordó algo horrible, pero algo todavía sin discernir, algo desconocido. La enana reía. Llevaba puesta una falda diminuta, a cuadros, de colegiala. ¿Lo acecharía de nuevo, toda esta noche, como la noche pasada?

El albino seguía escrutándolo de pies a cabeza. Se había quitado la gorra. Su pelo era como de algodón, irreal, arrebujado sobre la frente rojísima. Su atención, recalcitrante, no concordaba con el festejo de la voz:

—Aquí lo esperábamos —dijo—. Arrímese, viejo, bébase un lamparazo con nosotros.

Abrazó de pronto, con suave firmeza, a la enana, la abrazó por el cuello. De la mano con que la abrazaba colgaba media botella de aguardiente.

—Échese un traguito para usted —dijo la enana—, ¿o le parece temprano? Es sábado.

Volvió a lanzar la risa de saeta por encima del patio, entre las ruinas. Respondió el estertor de otra guitarra.

La enana se repasó los labios con la lengua. Y, sin que ella lo advirtiera, el que se llamaba Bonifacio empezó a doblar la mano con la botella; el pico empezó a gotear, a regar aguardiente en el corpiño de la enana. Tenía una blusa blanca, de encaje. Cuando ella se percató era tarde. El Bonifacio acababa de verter un borbotón de aguardiente en la abertura de los botones. La enana dio un grito de rabia. El Bonifacio reía. La enana se quitó el brazo de encima. Relampagueó la llama de sus ojos cuando elevó los brazos, veloz como su grito. Se arrojó contra el rostro que reía, pretendiendo apuntalarlo con las uñas. Se fue directo a sus ojos.

—Gran puerco —decía con otra voz, ronca, delirante.

Pero el Bonifacio pudo deshacerse de sus uñas, de un empujón, y ya estaba lejos de ella. De un salto había abandonado la habitación, y, sin dejar de reír, daba vueltas y revueltas por el patio, a veces desapareciendo detrás de los escombros, y reapareciendo en los sitios más inesperados, como si transitara a través de túneles secretos. Apareció por último trepándose a la cumbre de guitarras.

Hasta allá fue a buscarlo la enana. Se arrojó al patio como si volara, «me las pagarás», decía. Parecía, ahora, que toda su rabia se transfiguraba de felicidad. Saltaba detrás del Bonifacio como enloquecida, riendo sin parar. De nuevo las guitarras se oían, explosionadas. Por fin lo atrapó en un recoveco, o él se dejó atrapar, y ambos rodaron abrazados por el mar de guitarras, sin dejar de reír, mientras se desnudaban en el frío, mientras se besaban en el frío, y se trenzaban en el frío, ella encima de él, sin que les importara el frío, pensó.

V

Durmió el resto del sábado.

Y despertó a medianoche, padeciendo la sensación, física, de una lenta lluvia helada derivando por sus ojos hasta el corazón; eran los ojos de la dueña, creyó, posados en sus párpados.

Flotaba en la oscuridad, como si lo cubriera una única sábana, o esa única sábana jalara de él, elevándolo; pensó que no tenía cobijas encima, que esa era la causa del frío, que se había desnudado en la noche sin percatarse —muchas veces le ocurría— y por eso el frío era más frío; entonces rozó su barbilla con la yema de sus dedos, rozó sus ojos y creyó que no sólo estaba desnudo sino rígido, congelado en su propio frío, muerto de verdad, y empezó a patear las cobijas hasta regarlas por el suelo.

Y ahora, para resucitar, pretendió que debía tener hambre, que el hambre lo había despertado. Era eso. Hacía horas que no probaba bocado. Le ocurría desde que empezó a preguntar, un año antes; se olvidaba de comer; era eso.

Lo hundía la oscuridad.

Explorando con las manos buscó la bolsa de pan en la orilla de la cama; el plástico estaba destrozado, y los panes, que compró blandos, se sentían tiesos como piedras. Tanteó en la pared, a la cabecera de la cama, hasta encontrar el interruptor de la luz; lo apretó; no había luz en su celda. Tendría que salir para encender el bombillo del corredor. «Pero compré velas», se dijo en voz alta (más para escuchar su propia voz, viva, surgiendo viva de adentro de él, que para invocar la luz). Encontró, junto a los panes, las velas y los fósforos. La llama del fósforo lo escalofrió: pareció formar, en su fulgor, un momentáneo rostro pérfido, ¿de hombre o mujer? gritándole algo, como si lo escupiera. Encendió una vela, y, al agacharse a pegarla en el piso, descubrió estremecido a boca de jarro la rata enorme, su olor de humedad, las patas prendidas a uno de los panes; los dos ojillos fosforescentes lo observaron un segundo; después la rata huyó por debajo de la puerta; su ruido de uñas que rasgaban quebró la oscuridad. Ya no pudo probar el pan; ya no pudo conciliar el sueño; así se estuvo hasta que amaneció, y todavía los ojos de la dueña seguían cosidos a sus párpados, regándolo de frío a viva fuerza.

Salió al corredor. No había nadie en el hotel. La dueña y la criada no lo esperaban a la vera de la puerta, como la mañana del sábado, con un café frío en la bandeja de barro. Se lavó el rostro en la alberca helada, en un rincón del corredor; desde allí podía contemplar otra vez los despojos del patio: los cambiaron de sitio durante la noche. Una montaña de puertas reemplazaba el rincón de las guitarras; ahora las guitarras colgaban en racimo contra el lejano muro, pendiendo de clavos oxidados, como en una exhibición, ¿quién las había enganchado, despedazadas, una por una? Cadáveres de ahorcado, pensó.

Sólo dos puertas pendían de la viga, oscilantes, y golpeaban levemente entre sí, como si alguien hubiese acabado de pasar por entre ellas. Prefirió no verlas colgar más, porque era como si lo convocaran a arriesgarse, lo desafiaran a avanzar y pasar por entre ellas, hacer la prueba; el agua escurría por su cuello, erizándolo. Se tomó una totuma de agua helada.

Salió al domingo. En la puerta principal del hotel, buscando reencontrarse con su búsqueda, encontró a quien no imaginaba: el carretero, enfrente del hotel, de pie, recostado a la carreta, tenía las piernas cruzadas y lo oscurecía el raído vestido —negro de suciedad—, el sombrero pálido agujereado, la negra taza de café en las manos.

Estaban solos él y el carretero en toda la tierra, y el caballo, que comía pasto recién cortado —una pila de pasto tierno que alumbraba en la niebla—.

El carretero parecía haberlo esperado todo ese tiempo, desde la noche pasada. Detrás de su negra figura la empinada carga de ratones era una nube oscura, compacta; vio que abarcaba el cielo, dilatada, próxima a abrirse sobre tu cabeza, una tormenta viva anegando tus zapatos, tus rodillas, tu respiración.

Ya había llegado el tiempo de preguntar, recomenzar la búsqueda. Se acercó. El carretero era un hombre arrugado, recio, de su edad.

Un hombre tan viejo como él, pensó, en pleno trabajo.

Pero lo oyó, intempestivo, sin siquiera saludar, la voz como si continuara una charla de hace tiempos:

—Igual que usted no soy de estos lados —dijo.

Daba un largo sorbo a su café, sin dejar de indagar en sus ojos:

—Por eso trabajo en lo que nadie —añadió—: recogiendo cadáveres de ratón.

Arrojó la taza vacía a la carreta; la taza quedó bocabajo, entre el mismo montón de ratones.

—Me han visto tanto que ya no me ven, ni a mí ni a los ratones que yo les recojo de debajo de los zapatos, por pura buena voluntad, porque a la hora de la verdad sólo me dan de comer.

Ambos observaron en derredor. No había un solo cadáver de ratón en el contorno. Pero parecían empezar a crecer, crecer alrededor de los charcos. Crecer.

El carretero asintió con la cabeza:

—Los recojo de la mañana a la noche. Usted podría pensar que ya les tengo cariño, inmundos cadáveres, óigame, uno no se puede quitar de la piel el olor a ratón podrido, uno mismo, cuando traga saliva, sabe a ratón.

Y se puso atento; ¿oía algo, el carretero? ¿Oía a alguien invisible en el aire que podía estar acechándolos? Tenía los ojos alucinados, la nariz era aguileña, el largo pelo blanco manaba debajo de las alas del sombrero. Oía algo, porque añadió, susurrando, como si dictaminara —intempestivo— que alguien —uno de los dos— acababa de cometer un grave error:

—Soy como usted, soy forastero, y seguramente por eso le hablo, por la coincidencia. Dé gracias al cielo. Si yo fuera de acá, ni lo escucharía. Aquí nadie le habla a desconocidos. Si alguien le habla cuídese. Por eso le digo —y una de sus manos aferró el mango de la pala que sobresalía—: ¿qué vino a hacer aquí?, ¿cómo fue que se atrevió a venir?, acaso no pueda irse nunca, se lo juro por Dios que me escucha.

También él, como el carretero, miraba a todas partes; de pronto pensó que no parecía domingo, ¿había oído que sonaba la campana de la iglesia? «Oí sonar la campana», se dijo. ¿Desde hacía cuánto tiempo? ¿Toda la vida? ¿O solamente imaginó que sonaba la campana? Sonaba la campana del domingo, llamaba a misa. Era domingo. Con razón no encontró a nadie en el hotel. Excepto el carretero, frente a él, preguntando las preguntas que él jamás hubiese querido escuchar, el pueblo entero debía encontrarse en la iglesia.

Dio un paso más hacia el carretero. Podrían tocarse si estiraran la mano.

—Busco a mi nieta —dijo.

Y repitió el gesto cientos de veces repetido durante un año de preguntas: los brazos cayendo, el cuello doblado:

—Busco a la hija de mi hijo.

El carretero no hizo, no dijo nada.

—Se llama Rosaura —dijo él. Y, del bolsillo de su camisa, el bolsillo del lado del corazón, sacó una fotografía: él y su nieta de cuerpo entero riendo en el parque. Una borrosa paloma parecía alumbrar la esquina inferior de la foto.

El carretero se asomó. Sus ojos siguieron alucinados, inexpresivos.

—Una niña de nueve años —dijo.

Él repuso lo de siempre, aunque esta vez oyó en su propia voz la derrota:

—En la vida tiene cuatro años más que en la foto.

No parecía domingo, pensó.

Como desmintiéndolo, volvió a oír la campana: el tañido hendió la niebla, que se retiraba como si la sorbieran desde las montañas, como si la chuparan las bocas del volcán. Una franja de sol empezó a brotar de la cima de la calle. La voz del carretero parecía venir desde esa franja, iluminándolo todo.

—Es posible que la encuentre —lo oyó decir, eso le decía, en plena contradicción con sus anteriores palabras, sus advertencias nefastas.

Oyó esa esperanza por primera vez.

Descendían por la calle, en medio de los charcos que destellaban. El carretero había dejado su carreta en el hotel. Caminaba sin prisa, como si lo guiara.

Lo llevaba a la iglesia, y él se dejaba llevar, las manos asidas de la foto como de la explicación de sí mismo. Decir que buscaba a su nieta, mostrar la foto, decir su edad —la de él y su nieta—, y sobre todo su edad, ver que vieran que ya estaba viejo, que no serviría para empuñar un arma, que era dueño de nada, decir y repetir siempre lo mismo, en otros lugares y otros caminos, incluso simular más achaques y años de los que tenía —durante ese año de búsqueda incesante— lo había eximido por lo menos de morir. Muchas armas, de uno y otro bando —por esa suerte de muerte inminente que él encarnaba— lo dejaron de apuntar, despreciándolo hasta en la muerte. Mirándolo así, pensó, al menos hasta ese día la suerte lo acompañaba.

Y llegaron a un costado de la plaza.

—Ahora vaya y pregunte —dijo el carretero, deteniéndose. Se miraron a los ojos. El carretero siguió bajando, y él siguió a la iglesia. No había nadie en la plaza, ni en la cancha. El pueblo entero debía rezar en la iglesia. Los que no rezaban se encontrarían encerrados en sus casas, pensó. Las grandes puertas de la iglesia aparecieron ante él. Comprendió que tendría que esperar, de todos modos, a que terminara la misa. Pudo quedarse con el carretero y charlar otro poco. No. El carretero parecía querer seguir solo. Tendría que oír misa: la oiría. ¿Hacía cuánto que no oía misa? «Rosaura», pensó, «ayúdame a encontrarte, en cualquier lugar donde te encuentres». ¿O quería en realidad quedarse afuera, esperándolos a todos debajo de ese como fugitivo chubasco de sol que alumbraba la plaza, la cancha, el pueblo entero? No. Tenía que entrar en la iglesia, como todos. Ya les preguntaría. «Y rezaré por ti y por mí, Rosaura, rezaré por todos».

Entró y ocupó, de pie, el último lugar, detrás de todas las espaldas. Los más de los presentes estaban de pie. No se oía la voz de ningún sacerdote; se oía la voz de la iglesia, multiplicada por los parlantes: era un silencio hecho del montón de respiraciones allí dentro, sombras sonoras que transpiraban, vapor de sudor de cuerpos, pequeños tosidos transformados en estertores ultraterrenos.

El frío volvió a poseerlo. No era posible distinguir el altar: las altas cabezas se lo impedían, la húmeda sombra de la iglesia. ¿Acaso llegó cuando ocurría la Elevación? Al fin escuchó que carraspeaba y se acomodaba en el aire una voz, ¿la voz del sacerdote?, una voz que oyó quejumbrosa, y, sin embargo, al mismo tiempo, exasperada, la voz que golpeó con su eco las encumbradas paredes de adobe, ¿dónde había oído esa voz?

—Y ahora viene hasta nosotros —oyó que decía—. Acaba de llegar y está entre nosotros, como si nada hubiera sucedido.

Varios de los presentes se volvieron a él. En el incienso los rostros se diluían. La mayoría mujeres. Sintió los ojos de la dueña posados en sus párpados, regándolo de frío a viva fuerza.

—¿No se lo dije? —De pronto la dueña estaba muy cerca de él, juntando su rostro como de cera al de él, y lo increpaba, en mitad de la misa, como si no los oyera nadie, pero los oía el mundo—: Yo se lo dije: «*Hoy por la mañana se acordarán de usted en la misa*», se lo dije muy bien, le dije que se acordarían de usted, y usted parecía despierto, parecía oírme, sentado en la cama, pero seguramente dormía, yo se lo advertí perfectamente, le dije: «*Va a ver, va a ver*», antes de irme, se lo dije con claridad.

El rostro de la dueña desapareció.

—Bájese de su nube —le dijo ahora, reapareciendo a su costado, los ojos fulgurantes—: En este pueblo, al último ladrón lo mataron hace tiempos.

¿Por qué le decía eso? ¿Ella, que un día antes hurgaba en su equipaje?

Percibió, por los tosidos de las gentes, los suspiros, el ruido casi delicado de sillas y bancos deslizándose, el leve arrastrar de las pisadas, la como asustada impaciencia general, que la misa había terminado. Los cuerpos empujaban a la dueña, y ella, a su vez, lo empujaba a la salida.

—¿Por qué me dice eso? —preguntó él.

—¿Por qué le digo qué? —preguntó la dueña.

Ya los cuerpos como fardos los arrinconaban a un costado de la entrada, junto a la fuente de agua bendita.

—¿Por qué vino a misa? —repetía la dueña una y otra vez—. Yo se lo advertí esta madrugada, ¿no se acuerda?

VI

La gente empezó a regarse por la plaza. Eran grupos lentos y dispares, en torno al pequeño camión verde que se había estacionado, quién sabe cuándo, en mitad de la cancha de fútbol. Dos o tres hombres lo cargaban de pollos, sartas de pollos crudos, hasta el tope. Nadie, sin embargo, se acercaba al camión, a su carga extraordinaria. La mayoría guardaba silencio. ¿Seguían pendientes de él y de la dueña, de la charla que mantenían desde que salieron? Porque, al tiempo que aparentaban no oír, de vez en cuando, sigilosos, algunos los atisbaban; eran rostros furtivos de hombres y mujeres, sombras que pasaban.

El instante de sol desaparecía. Absorto, paralizado en el umbral de la iglesia, recorrió la plaza con los ojos, igual que si bebiera, atropellado, los últimos sorbos de ese instante de sol —antes de que el instante desapareciera—.

En un rincón de la plaza, en mitad de bultos de maíz y de cebada, costales de papa y sacos de habas, sentada en una caja de madera, el bastón descansando en las rodillas, se hallaba la ciega, como si lo mirara, la cara volteada a él, pálida, redonda, acaso todavía enfurecida. Su hijo aguardaba detrás de ella, de pie, una mano en el hombro de la madre. ¿Qué esperaban? Al otro lado de la calle entrevió extrañamente al carretero, recostado a la pared de la casa-hospital, el pálido sombrero entre las manos, sin un gesto, sin un saludo; se dedicaba, como la mujer del hospital, asomada a la ventana, sólo que ahora vestida de negro, a mirarlo sin mirar, como la enana, sentada detrás de una marmita que humeaba, rodeada de cazuelas de barro, una cucharona en la mano, mirándolo sin mirar, como el pueblo entero.

Se volvió a la dueña, pero ya ella se separaba de él, rápida y silenciosa, ella, la tan orgullosa dueña, ahora igual que si temiera encontrarse a su lado, partía a reunirse, agazapada, con la enana: atravesó la plaza sin mirar a nadie, encorvada, avergonzada, llegó donde la enana y se sentó a su lado, detrás de la marmita de barro que humeaba, mirándolo sin mirar, como el pueblo.

Se oyó, atrás, imponente, la voz multiplicada por el micrófono, la voz desde lo más profundo de la iglesia.

Como si la iglesia hablara, pensó. Era la voz del gordo, descubrió, la voz del albino —siguió descubriendo, la voz del hombre que dijo que en este pueblo se llamaba Bonifacio—.

—Este hombre, este recién llegado —decía—
no ha dado su nombre a nadie, desde que llegó.
Nunca tuvo la ocurrencia de presentarse a nadie,
explicar qué hace, por qué vino, qué busca. Llega
y duerme, se despierta y vuelve a dormir sin presentarse. Y por si fuera poco, en su primer asomo,
amenaza a nuestros hijos con piedras.

Sintió la interrogación de los semblantes, alrededor.

Sin saberlo, daba una lenta vuelta sobre sí
mismo, mientras miraba al mundo; su boca abierta parecía a punto de reír, o gritar. Entonces levantó la mano y enseñó la foto a todos y a nadie.

—Nunca amenacé a ningún niño —dijo lo
más recio que pudo. Y, sin embargo, su voz sonó
decrépita, quebrada, igual que su fuerza. La estupefacción hacía que temblara. Y cometió el más
grave error, él mismo lo comprendió mientras
hablaba, «No debería decir esto», pensó, pero
dijo—: Pueden preguntárselo a los niños —y
pensó: «Los niños dirán que sí, que yo sí les arrojé
piedras», y añadió de inmediato—: Busco a mi
nieta, sólo busco a mi nieta. Esta es la foto.

Miraba a todos los ojos; después se volvió a la
iglesia, como si respondiera a la voz de la iglesia:

—En este pueblo la vieron —dijo.

La niebla regresó a envolverlos, desde el volcán; cayó sobre las cabezas en raudos jirones tur-
bios, sábanas despedazadas. Ya el instante de sol
había desaparecido. Pero al menos algunas manos

se extendieron a él. Igual que manchas lentísimas, indiferentes, las manos recibían la foto, la devolvían; los rostros de él y su nieta iban y venían como un barco encima de manos; distinguía a lo lejos la mancha de la paloma en una esquina de la foto, alumbrando a pesar de la niebla. Ningún semblante, sin embargo, avisó una luz. Sólo se asomaban. Las manos iban hasta él, se retiraban, volvían, siempre la foto entre dedos distintos, dedos robustos, o rosados, a veces como los dedos de un cadáver, sin carne, temblorosos, sus yemas blancas como sumergidas en agua durante siglos lo tocaban, los rostros lo atendían. Los mismos que antes ni siquiera saludaban.

En el vórtice de esos cuerpos sintió que se congelaba.

—Búsquela —le dijeron.

¿Quién le devolvió la foto?

Y otra vez el silencio y la niebla lo separaron de todos.

—Búsquela en el perdedero —le dijo por fin una voz, desde el otro lado de la niebla.

—El perdedero —repitió él, sin entender.

Y otra:

—Es casi lo mismo que el guardadero.

—A lo mejor allí la encuentra.

—¿El guardadero? —pudo preguntar.

—En el lejero —dijo otra voz.

—Sí —le dijeron—. Vaya al convento, es el convento.

Miró más rostros. Ninguno explicaba más. ¿Se burlaban de él?

Y una voz:

—Queda cerca, allí detrasito de la iglesia.

Desde algún lugar, una risotada incipiente lo escalofrió.

—¿Allí puedo encontrarla? —pudo preguntar.

—Sí —lo acicatearon, y no desaparecían los ecos de la risa, distantes, secretos pero presentes, sus acentos como puñaladas iban y venían. También antes había oído esa risa, ¿quién, en dónde?

«El albino», pensó.

Pero no se veía al albino por ninguna parte.

—Seguro la encuentra —le dijeron—. El peor camino es el que no se empieza.

Iba al convento, y, detrás suyo, iba el pueblo.

Por lo menos eso sentía él, que el pueblo entero iba detrás.

Se volvió a mirar la marejada de rostros. El frío de los rostros lo cercó, lo paralizó.

—Siga, siga —le dijeron—. Siga nomás.

Pensó que era como si lo empujaran, sin empujarlo, como a un becerro, pensó, al matadero.

Se veía sitiado, abrazado por los cuerpos al lado suyo. De modo que se detuvo, y volteó a mirarlos en la niebla. Descubrió que no todos lo seguían. Se dispersaban en grupos, algunos ya conversaban en las esquinas, a susurros, otros incluso se dirigían a la plaza, encendían cigarrillos, lo ignoraban para siempre. Esa repentina indiferencia lo animó a reanudar su camino. Al llegar a la puerta del convento recordó que ya la había visto abierta, la mañana anterior. Pensó en la monja aterrada cerrando con todas sus fuerzas.

¿Y, si nadie abría?

Buscaba cómo llamar a la puerta, un aldabón, un timbre. Tendría que decidirse a golpear con el puño.

—Quédese allí —le dijeron—, no toque la puerta.

No supo quién había hablado. Dos o tres grupos lo acompañaban; recomenzaba la lluvia, los sombreros se encorvaban oscureciendo los rostros; las sombras empezaron a distanciarse en la niebla. Difícilmente escuchaba sus voces.

—Sólo estese de pie —decían—. Tarde o temprano abrirán.

Y otra voz, compasiva, aunque ya oculta para siempre:

—Saben que usted está aquí, que usted ha llegado.

—Sí —le dijeron—. Sólo quédese a un lado.

—Esa es la seña.

—Tarde o temprano lo dejarán buscar.

—Búsquela bien —dijeron—. Bregue a encontrarla.

La puerta del convento no se abría.

Todavía mostraba la foto, pero ya nadie prestaba atención.

Los hombres desaparecían. Sus sombras cruzaban debajo de telones de niebla, nuevamente ajenas, como al principio. Le habían pedido que dijera de una vez quién era él, cuál era su nombre; de cierta manera le habían exigido que acabara de presentarse, lo que era igual que pedirle que contara su historia, y sin embargo nadie, ahora, absolutamente nadie, lo atendía.

—Me llamo Jeremías Andrade —repitió a nadie—, tengo setenta años, y estoy buscando a mi nieta.

Quedó solo, un buen tiempo. Como si nada hubiera sucedido, recordó, ni sucediera. Como si nada fuera a suceder.

Entonces la puerta se abrió.

VII

La misma monja que ayer había cerrado la puerta, aterrada, abría ahora, sin un gesto, como si lo esperara. Tenía la cara áspera, y sus ojos, que él había conocido espeluznados, no se levantaban. Su mano lunarienta le indicó que la siguiera. Él iba detrás de su hábito como si persiguiera destellos blancos; pues cada vez más la monja se alejaba y desaparecía tragada por una ramazón de niebla. Un viento repentino los sobrecogió de granizo, los cobijó en las cabezas como un ala, mientras rodeaban los muros frontales del convento, los umbrales de piedra, uno detrás de otro, los brazos extendidos, como ciegos: la parte trasera del convento —supuso— debía entonces limitar con el abismo, dar al abismo por entero, ¿cómo no distinguió esa faz del convento cuando se asomó al abismo? Fue ayer sábado: lo deslumbró el río en su profundidad lejana: el propio río iluminaba sus orillas de un fulgor verde.

Las briznas de hielo los emblanquecían. Era el ala, dura de frío, que se revolvía encima de sus nucas, apretándolos. Parecía que el volcán, desde su oculta pero cercana presencia, en lugar de arrojar fuego empezara a arrojar hielo y más hielo sobre ellos. Era el ala, veloz, pulverizada, que seguía envolviéndolos: debajo de su lluvia blanca rodearon el frontispicio. Ahora se encontraban ante un patio rectangular y hondo, umbroso como el convento, que colindaba no sólo con la misma edificación del convento sino con la calle más larga del pueblo. Sólo allí el ala —su hielo punzante, que olía a carroña— los descobijó por completo; la sintieron alejarse entre ráfagas de hielo, veloz como llegó, relumbrante, desviándose al otro lado del muro; y entonces descubrieron la tremenda magnitud del ave insaciable, el cóndor reduplicado. Lo vieron durante un instante diáfano, irse de ellos, sus ojos fijos enrojecidos remontando la niebla, erguido, en busca de sus cadáveres. Lo vieron desaparecer agradecidos. Pero ya la mañana parecía tarde: no demoraría en anochecer.

Él buscaba en la rara luz de la niebla, como si sólo así pudiera encontrar la respuesta por fin, al fin el fin de su búsqueda. Lo sobrecogía esa vista sin perspectiva, el gran patio antiguo, solemne, que tenía —hasta decolorarse en la profundidad— una hilera de tiestos de latón reverdecidos de moho, botes de basura, uno detrás de otro, lápidas a la misma distancia, sus negras gargantas redondas atiborradas de ratones mojados, los negros hocicos sobrenadando como manchas. De una de esas tinajas debía encontrarse comiendo el cóndor, tallado en granizo, cuando ellos llegaron. Pensó que el convento era el nido del frío.

La sola presencia de los ratones le hizo recordar al carretero, le hizo de pronto *sorprender* al carretero sentado en uno de los botes, cruzado de brazos, encima de sus ratones, sin preocuparse por recogerlos, únicamente a la expectativa de él y de su búsqueda.

Adivinó que el carretero —como favoreciendo una señal— miraba hacia el muro que colindaba con la calle, el sitio exacto por donde instantes antes había saltado, estallando, la ráfaga del cóndor. Oyó las voces en lo alto.

Allí, trepados como gatos —unos de pie, otros sentados—, se hallaban los niños, siete o nueve, y los fortalecía el muchacho alto y esmirriado que el día de su llegada pateaba la cabeza de una vieja. Eran sus voces las que ahora le avisaban:

—El perdedero.

—Allí la encontrará.

—El guardadero.

De modo que seguían pendientes de él, pensó.

—En el lejero —decían.

No habían dejado de rondarlo. Eran ellos, las mismas sombras encaramadas en los techos que él sospechó siguiéndolo desde que llegó al pueblo, las mismas sombras que él, acaso, confundió con todo el pueblo acompañándolo. Ahora le avisaban del perdedero, del guardadero, lo increpaban a gritos:

—Viejo —decían.
—No se le olvide.
—En el lejero.

No vio las sábanas blancas, en el patio, que colgaban al viento, los hábitos negros, las fundas de almohada, los atavíos sacerdotales; pasó por entre ellos como si separara puertas batientes; veía únicamente la mano arrugada de la monja señalando un gran hueco en la pared lateral del convento, sin ninguna forma, como hecho de un solo golpe de mazo.

Había encima una cruz de ramas de laurel.

Él simplemente se asomó y preguntó: «¿Rosaura?».

La mano de la monja lo sujetó, apremiante; su gesto, su voz, eran de lástima: «Siga en silencio —le advirtió—. Tendrá que buscarla sin hablar».

Las voces, desde la calle, las voces ocultas empezaban otra vez. No eran ya las voces de los niños. Eran voces de mujeres, del otro lado del muro. Logró distinguir la voz de la enana, la voz exasperada de la dueña. Era —pensó— como si le hablaran todavía a una orilla de su cama, espiándolo, mientras él empezaba a dormir, ¿o dormía aún, desde hacía noches?

—Eso es muy grande —oyó a las mujeres.
—Allí gritan. Gritan mucho.

—Si ella está ahí, por más cerca que esté, no lo va a oír jamás.

—Hacen un ruido como nunca. Ella tendrá que mirarlo primero.

—Porque lo que hay allí es sólo gritos, no se sabe a quién atender.

—Siga y no grite. Entre callado.

—Que no lo descubran.

—Búsquela en silencio.

La lluvia se transfiguró, comenzó a crecer como ramas incendiándose en la niebla.

—Limítese a buscar.

—Que Dios lo ampare —dijo ahora la monja.

Lejos, cada vez más lejos, se oían las voces de las mujeres:

—Ojalá pueda encontrarla —él reconoció la voz de la enana esforzándose en la lluvia.

—Eso es inmenso.

—Demorará un siglo.

—Perderá la vida al encontrarla —gritó la dueña.

—Qué dicen —pudo preguntar con un murmullo. Y buscaba, instintivamente, a la monja. ¿Por qué le decían eso? Esas no eran esperanzas.

En la raíz de la niebla siguió buscando a la monja, sin distinguirla, hasta que ella se volteó a él, como si supiera que él deseaba mirarla, y le mostró el rostro absolutamente blanco. «Es la niebla», pensó él, «es por la niebla que no la veo», porque no le veía ojos ni boca en el rostro, sólo una mancha blanquísima, ovalada, irradiando llamas blancas. Al fin percibió —del otro lado del hueco— el peligro.

—Esto me pasa a mí —decía amargamente la monja—, por meterme a salvadora.

—Rosaura —volvió él a preguntar, asomándose.

—No la llame —repitió una voz que ahora era exorbitante, monstruosa, que no sólo parecía brotar de labios de la monja sino de todas las paredes del convento, de la lluvia misma—. No llame a quien no puede oírlo. Vaya y búsquela en silencio.

Era en realidad la mano de la monja, pero la sufrió en carne propia como una multitud de dedos —la lluvia misma— que lo empujaban por la espalda, contra el hueco en la pared. Era como si la abertura resultara exacta para su cuerpo.

Detrás de la abertura la oscuridad lo apabulló.

Sintió el frío reduplicarse como otros dedos enlazándose a los dedos de sus pies: no demorarían en romperlo por dentro.

—¿Rosaura? —preguntó. Pero no se oía allí dentro un grito, un solo grito. El silencio era lo único.

VIII

Sólo instantes después sus ojos lograron distinguir el frágil fulgor de los candelabros extraviándose en el vacío. A su escasa luz discernió la sala sin fin, una suerte de galpón descomunal que debía tener la profundidad del mismo convento. El piso entero parecía palpitar, titilar, dorado, en la penumbra: percibió fascinado la multitud de pollos —todavía pequeños, recién nacidos— que se juntaban entre sí igual que una alfombra viva, debajo y alrededor de sombras innumerables, sombras rectangulares y compactas. Camas. Descubrió que el recinto estaba como sembrado de camas, todas las camas del mismo tamaño: contó siete camas a lo ancho por una infinita sucesión de camas —de piedra, idénticas a su cama de hotel— en donde se entreveían recostados, acostados, derrotados, cuerpos que gemían y se retorcían encima del susurro casi invisible de alas y de piares apiñándose debajo, a la búsqueda del calor que los cuerpos emanaban. Por primera vez lo turbó el olor, esa mezcla de corral y cuerpos hacinados. Avanzó dos pasos: sus zapatos apartaban con cautela el leve y multitudinario escollo de pollos palpitantes; un mismo aliento resonó al unísono: los cuerpos, a causa de su voz, de su presencia, empezaron a gemir más, y todavía mucho más a medida que él se adelantaba.

Como si los hubiese acabado de despertar a todos.

Entonces gritó, contradiciendo las advertencias de las mujeres, gritó llamando a Rosaura.

Los gemidos estallaron.

—Quién ha gritado Rosaura —preguntó una voz elevándose de entre todos los gemidos—. Quién ha gritado Rosaura.

—Yo —pudo decir.

En la perspectiva de camas ululantes, a la luz casi amarilla de los candelabros, su boca colgaba, estupefacta.

Quería averiguar de dónde nacía esa voz, y no le era posible. Ya una barahúnda de gritos en torno a él, todos demandando por él, pidiendo que él se acercara, le impedía distinguir la voz, el cuerpo, el sitio de la voz, la cama de la voz. En la fulminante desesperación creyó que la voz la habían pronunciado desde todas las camas.

—Yo —volvió a gritar—. Yo grité por Rosaura.

—¿No será la misma Rosaura que conozco? —distinguió a duras penas la respuesta entre los gritos. Ahora creyó que la voz se ubicaba en la cama más próxima a él, de modo que se acercó con urgencia.

—Es mi nieta —dijo.

Ni él mismo se oía.

Se llevó la mano al corazón y enarboló la foto. Era imposible apreciar la foto en semejante penumbra. Se la guardó en el bolsillo, apremiado, como si temiera que alguien —aprovechando la tormenta de gemidos— se la robara. Las voces seguían restallando alrededor, más frías que la ráfaga del cóndor, más inclementes. Ya no sería posible oír la respuesta de la voz, ¿o acaso nadie habló, ninguna voz le habló? Sólo oía los lamentos —su estruendo caliente, su bulla de incendio— ahora rugientes; lo ensordecían; sintió que resbalaba por un abismo sin piso, que caía en un vértigo de gritos circulares, hasta que el bullicio lo obligó a cubrirse los oídos con las manos. A la exigua luz de los candeleros pudo constatar que quien le habló —quien creía que había hablado— yacía atado con cadenas a la base de la cama. Y en ese inmediato instante creyó que era él mismo quien se encontraba acostado, encadenado a la cama, mirándose a sí mismo con terror mientras él y el de la cama pronunciaban al mismo tiempo las mismas palabras: *Yo grité por Rosaura.*

Retrocedió precipitado a la abertura, esta vez sin cuidarse de pisar o no pisar la alfombra de pollos que lo cercaba; los sintió crujir igual que los ratones en las calles infestadas, crujir debajo de sus zapatos, sólo que los pollos crujían vivos, aplastados; pero eso a él ya no le importaba; retrocedía de espaldas; no le era posible apartar de su mirada el insondable horizonte de camas, el insufrible tumulto de llamados.

Afuera, la dura lluvia reemplazó los gemidos.
—Y qué —oyó.
—Qué fue, ¿no se lo dijimos?
No lograba reconocer a las mujeres, sentadas ante él, en sendas butacas de iglesia, formando un medio círculo, y, lo que vino a corroborar su estupor, todas debajo del aguacero, todas inmersas en agua, las mismas aguas oscuras que lo remecieron como un golpe. No demoró en encontrarse empapado como ellas, ante ellas, escuchándolas sin entenderlas.
—Se lo dijimos, ¿o no?
El agua se metía por debajo del cuello de su camisa, lo anegaba.
Vio que detrás del medio círculo de mujeres las sábanas chorreaban, los hábitos, las fundas, todo colgaba como cuerpos entumecidos. Y, más atrás, en el borroso horizonte del patio, vio al carretero, debajo del aguacero: el pálido sombrero agujereado no lo protegía, y, sin embargo, allí seguía encima de sus ratones como en un lecho. Todavía más al fondo, en el distante muro, vio las

76

blancas esfinges de los niños que aguardaban inmutables, escarchadas hasta los huesos, pero más vivas que nunca. Ya la niebla se pulverizaba en el aire; se la tragaba el aguacero a dentelladas y una luz de atardecer alumbraba cada rostro de mujer a su lado, cada gesto bañado en lluvia, cada gesto —desconcertante por lo tranquilo— debajo de las gotas gordas, luminosas como heridas; los cabellos de las mujeres esplendían, se pegaban a las mejillas flácidas. No las turbaba el aguacero, sólo persistían, merodeaban con los ojos, vigilaban su respuesta. Pero él simplemente las contemplaba sin entender. En su memoria las voces encadenadas seguían convocándolo.

De entre las mujeres, de entre el aguacero, pareció emerger la monja, sobresaltándolo. ¿Quién era realmente esa monja? La vio avanzar debajo del agua, lentificada, otra gran gota de lluvia. Llevaba en las manos una olla de cobre.

—Debe comer —la oyó decir, paralizado.

Y luego:

—¿Quiere comer?

Y alargó la olla:

—Coma algo.

—Coma —repitieron las mujeres. Y después, porque él seguía quieto, como si pretendieran animarlo:

—Es helado de paila.

Descubrió que debajo del aguacero también las mujeres comían de un gran trozo de helado, en tazas de peltre. Ni la dueña del hotel ni la enana se encontraban con ellas.

La monja volvió a arrimarle la olla, a medio llenar, con una cuchara dentro. Sintió que la cuchara era de palo.

—Coma —lo animaron las mujeres.

Él empezó a comer.

—Le quitará el frío —decían las mujeres—. Ninguna lluvia lo mojará.

Ahora la monja suspiraba.

—Tendrá que dormir con ellos. No diga que no se le dijo, ¿por qué gritó?

Y una mujer:

—¿Dormir? Tal vez. Pero entre y busque una cama.

Las otras voces se sucedieron, aletargadas:

—Una cama sin nadie, claro. Y después acuéstese a esperar.

—Hasta mañana por la mañana, cuando venga el coro, cuando las monjas caritativas los alimenten, cuando se llenen sus bocas de sopa, sólo entonces dejarán de gritar.

—Y usted podrá buscar en silencio, cara por cara, y no van a alcanzarle todas las horas del día para terminar. Hay cientos.

—¿Cientos? —repitió él.

—Esta noche no le queda otro remedio que esperar.

—Esta noche aullarán.

—Reventarán al acordarse en dónde es que se encuentran, y no podrán dormir, porque usted los ha despertado, infeliz, ¿cómo se le ocurrió arrojar piedras a los niños?

—¿Piedras a los niños? —se acordó.

—Tampoco usted podrá dormir —lo interrumpió una voz acérrima. Y descubrió, por fin, a la ciega, ¿por qué no la reconoció? Con su bastón en las manos inquietas, y blandiendo todavía esa especie de odio en la mirada sin vida, la ciega se dejaba mojar en el aguacero, la cara erguida al agua, satisfecha.

—No encontrará a nadie —dijo. Sus largos dientes aparecieron, ennegrecidos.

Y otra vez, degollado por el viento, el aguacero se replegó; eran olas de agua turbia que el viento cortaba y empujaba lejos, al abismo. Desde las vivas oscuridades del hueco se clarificaron los lamentos (como otra agua que hervía), pero también las palabras de la ciega recrecieron hasta ser lo único que él pudo descifrar:

—Y si no va a encontrar a nadie, ¿para qué afanarse? Terminará encadenado como todos, será otro cuerpo más, otro grito gritando más, y nadie vendrá a buscarlo porque nadie lo encontrará, mejor lárguese de aquí, si puede, porque ya no creo, se le hizo tarde.

—Ahora adiós —dijo una de las mujeres, incorporándose—: Alguien aquí está demorado.

Las otras suspiraron al oírla; meneaban la cabeza. Un suave vapor rodeaba sus cabellos, como aureolas. Se alejaban con calma, rodeando a la ciega. La monja las seguía: arrojaba, dentro de la olla, las tazas de peltre vacías. De tanto en tanto se detenían: elevaban la cara a los cielos como demandando más agua.

Del lóbrego hueco continuaban barbullando los gritos, los lamentos. Se preguntó si le sería posible quedarse allí dentro el resto de la noche, hundido en gritos.

—Encuentre una cama —oyó la voz del carretero, detrás de las sábanas que colgaban.

Él no lograba separarse de los gritos que el hueco expulsaba, a un lado del medio círculo de sillas vacías.

Pero volvió a oír la voz del carretero:

—Venga y siéntese —lo convidaba.

El carretero seguía en el mismo sitio, y encendía un cigarrillo. Fumó con él. Sólo cuando apagaron los cigarrillos el carretero volvió a hablar:

—Yo de usted pasaba al otro lado y buscaba una cama, como se lo aconsejaron —y se acuclilló sobre la tierra y empezó a separar un grupo de ratones, amontonándolos en pirámides—. Mire —dijo—, aquí donde usted nos ve, todos en este pueblo estamos al cuidado de esos acostados —sus ojos señalaron el hueco. Después se echó a reír, con disimulo; parecía otro, un desconocido, acaso un enemigo, pensó. Vio que el carretero se incorporaba. Su voz era otra cuando lo oyó—: En este pueblo nadie dice lo que es —dijo—, ¿me entiende? —y extendió otro cigarrillo, y, como él no lo recibió, se lo puso a la fuerza en la palma de la mano—. Vaya y fume —le dijo—. Espere a que amanezca. Estará más seguro allá dentro que acá afuera.

Y todavía preguntó, antes de abandonarlo, como si se condoliera:

—¿Pero quién lo mandó a provocar a los niños de este pueblo?

IX

Se había por fin derrumbado al otro lado del hueco, en el olor de corral, la espalda contra el muro, la cara ante la multitud de camas y cuerpos extraviados y la alfombra viva de pollos que se arrebujaban, y fue allí mismo, de inmediato, cuando se quedó dormido, las manos unidas como si rezara, y todavía dudaba, en el sueño: podía tratarse de un error —soñaba—, también a mí tenía que ocurrirme un día. Al despertar, hundido en el pánico, trataba de recordar. No se acordaba de nada. Con el alma en un hilo quiso ponerse de pie. Fue inútil. «Estoy buscando a Rosaura», recordó al fin. Iba a encontrar a su nieta Rosaura, y era un encuentro definitivo: nunca más la mandaría a comprar rosas en la tienda para que nunca más desapareciera, porque desapareció mientras compraba rosas en la tienda: jamás la envió a comprar rosas en la tienda, sólo el pan y la panela, pero esa vez habían ido juntos a la tienda y vieron que ofrecían como un milagro, encima de talegos de arroz, el gran ramo de rosas que hicieron arrojar a su nieta un grito de alegría. Ni él ni ella sopesaron la posibilidad de comprar semejante ramo de rosas. Pagaron el pan y la panela y salieron de la tienda sumidos en un silencio premonitorio, porque llegaron a la casa-taller —la casa que él arrendaba en el antiguo barrio de artesanos, la casa donde ya sólo él y su nieta vivían, porque también a su hijo y su esposa los había matado la guerra— y se metió la mano al bolsillo y comprobó al tacto que tenía las seis monedas de mil justas para comprar una caja de clavos de acero que hacían falta, y sin embargo le dijo a Rosaura: «Ve y trae esas rosas, antes de que me arrepienta», y ella echó a correr a la tienda y desapareció. No regresó nunca. Por un ramo de rosas, pensó. Ahora buscaba a Rosaura. La encontraría. Y después de encontrarla huirían —no imaginaba cómo, pero huirían—, porque él no llevaba una única moneda en el bolsillo para pagar lo que pedían, una sola simple redonda moneda, a no ser él mismo y su propia vida, porque él no era dueño de nada, sólo de su vida, y eso, pensó.

«Rosaura», volvió a decir, sin fe. «Es Rosaura», descubrió. Pero la muchacha que durante ese instante lo contemplaba desde su cama, los ojos brillando detrás de las cadenas, dejó de mirarlo y volvió a dormir. «Rosaura», llamó él, y sus manos la convocaban. De nuevo la debilidad lo acometió. Tendría que arrastrarse si quería llegar hasta ella, y nadie podría ayudarlo, nadie ayudaba a nadie, estaba solo como todos en ese galpón repleto de gentes y más gentes encadenadas, frías, oscuras, resignadas. Era como si no existiera nadie, sino él, y el horizonte insoslayable de seres desastrados. En ese corazón del momento creyó que la muchacha abría los labios y respondía o trataba de responder. «Rosaura», le dijo, pero ella siguió con los ojos cerrados, y él desistió. Casi vencido, buscaba oír en la corriente de cuerpos la voz de Rosaura. Su boca se abrió como si riera: todos estos años, pensó, Rosaura fue lo único que lo separó de la muerte.

Y se petrificó en la médula de las demás almas que yacían, frente a él. Tendría que arrastrarse para distinguirlas, una por una, hasta encontrar a Rosaura. Lo hirió un fragor de multitudes. ¿Gritaban?

Sin esperanzas, volvió a interrogar a la muchacha de ojos cerrados. Sus labios se movían, ¿era Rosaura? Lo asfixiaba la incertidumbre cuando pudo voltear la cara, ahora buscando el cielo: sólo encontró montañas de cuerpos encadenados. Era como si un cielo de sangre los aplastara a todos. Sacudió la cabeza: ¿soñaba?, había acabado de soñar, pero las camas en lontananza y la multitud de cuerpos congelados renovaron una más tremenda y concreta irrealidad, la realidad misma.

Se incorporó, las piernas entumecidas, los brazos paralizados. Contemplaba los cuerpos recostados, los ojos absortos, idos, los rostros arrugados de hombres y mujeres envejecidos a la fuerza, todas las manos unidas a cadenas que se enlazaban y hundían en el piar amarillo de los pollos, la viva alfombra de plumas que reverberaba inquieta, picoteando granos, aleteando como un solo ser desesperado.

También los encadenados se alimentaban a cucharadas de un platón de sopa que una hilera de monjas les disponía sobre los pechos, ¿cuántas horas había dormido?

Entrevió, en el horizonte, la presencia de la dueña del hotel y de la enana, dos sombras agazapadas, cada una con un costal al hombro. Se dedicaban a elegir de entre los pollos los más gordos y crecidos; inspeccionaban debajo de las camas, los atrapaban y arrojaban dentro del costal y proseguían, lentas, indiferentes, concentradas.

¿Había de verdad tantas monjas en el horizonte? Innumerables, descollaban por cada recodo, sin que ningún sacerdote las presidiera.

Pasó la noche sin oír un grito, y despertó bajo la luz del amanecer sobrepasando los contornos del hueco, la luz azul celeste repitiendo la forma del hueco, como si todo el amanecer —el amanecer entero— se redujera únicamente a eso, al hueco, a su dimensión informe, azul, pero de un azul minúsculo.

Hileras de monjas servían la sopa —en los pasillos que delineaban las camas—, al tiempo que otra blanca y vasta hilera se situaba alrededor, rondando los perímetros infinitos de los muros, en donde la amarilla sucesión de candelabros encendidos, y la luz azul celeste —que partía como un piadoso rayo desde el hueco— las bañaba de una luz dubia, ultraterrena.

Y empezaban a cantar, ahora. No las oía a plenitud, sólo veía el canto en los labios que se movían y los ojos que se elevaban y las manos que se juntaban. Debían ser los mismos cánticos de alabanzas que él padeció la mañana del sábado al pasar frente al convento. Ellas cantaban de blanco mientras ellos bebían —encadenados— la sopa de remolacha, roja como sangre.

También a él una de las monjas se acercó. También a él la extraña piedad lo señaló. Porque en mitad de tantas caras blancas de muerte —pensaba— era una extraña piedad dar de comer. La blanca piedad que se movía encima de la alfombra viva de pollos, la monja que flotaba, ante él. De ella recibió su plato de sopa, como todos; volvió a sentarse a un lado del hueco y, como todos, se la empezó a beber a cucharadas, enmudecido por el hambre.

X

—El perdedero es esa puerta al final, señor.

La enana estaba al lado suyo:

—¿Sí la puede distinguir? Allá lejos, al otro lado de todas las camas.

La enana ya tenía su costal atiborrado, terciado al hombro. Su mirada se extraviaba señalando lo profundo: era el infinito, y había, sin embargo, inalcanzable, en el extremo opuesto, una brevísima luz.

La enana siguió hablando en voz baja, urgente:

—Aquí, donde usted y yo pisamos, es el guardadero. El perdedero es esa puerta al final, señor, es el mismo lejero, si quiere, esa puerta abierta para siempre, haga el tiempo que haga, una puerta al abismo, usted vaya y asómese y verá.

La enana no esperó su respuesta; salió por el hueco sin despedirse. Detrás de ella siguió la dueña, su orgullo encorvado por el peso de su costal. Ni siquiera lo saludó. La dueña humillada. ¿De manera —pensó— que era esta la mujer que lo acechó mientras dormía?

¿Humillada?, se preguntó. De ninguna manera. La cabeza de la dueña se volvió a él, por entre el hueco, como si se vengara:

—Pero le advierto —dijo—: Por cada uno de estos acostados se pide una plata. Si nadie paga, allí seguirán, hasta que san Juan agache el dedo. Y si pagan rápido se cobra el doble, a ver qué pasa. A veces traen el doble, a veces no. Y si traen el doble muy rápido se pide el triple, es simple sentido común. Yo vuelvo y le advierto: aquí todos tienen que pagar; de eso nadie se salva, y mucho menos usted.

No supo si la advertencia era además una esperanza. En todo caso la cabeza de la dueña desapareció.

Puso el plato de sopa a medio acabar en el piso, se levantó: un voraz vértigo de pollos rodeó el plato, a sus pies: las aves bebían la sopa roja, con sed; bajaban y elevaban los picos vertiginosos, como si agradecieran al cielo. Los cánticos persistían —igual que blandos tañidos. Se resolvió y avanzó por el pasillo central, sintiéndose ahora en una iglesia, pero una iglesia erigida en el terror, pues ya los lamentos se inflamaban esporádicos, en sitios tan cercanos como distantes, lamentos leves aunque afilados, lamentos que amenazaban con empezar a rugir, que se dejaban oír como contrapuntos de espanto dominando el mismo cántico de las monjas, lamentos que definitivamente lo paralizaron ante el primer rostro que vio: era una mujer que agonizaba.

«No importa —se repitió—, Rosaura me reconocerá, me llamará por mi nombre».

Hizo otro intento con otro cuerpo, con otro rostro. Se asomó, ambos se contemplaron. Creyó desvariar: sentía tantas ganas de reír como de llorar, al tiempo.

«Debo estar enfermo», pensó.

Decidió caminar sin asomarse. Rosaura lo reconocería, pensó. No supo cuánto tiempo avanzó por entre cuerpos, igual que una larga y dura caminata, ya porque estaba viejo y enfermo o porque sus pies se resentían de un viaje áspero, de un año preguntando. Se arrepintió de no beber la sopa hasta el final; otra vez el hambre lo debilitaba.

Un intempestivo olor a vísceras lo detuvo y lo hizo trastabillar, hasta la náusea. Un olor rabioso que hendió el aire y se metió en sus pulmones como un cuchillo. Toda la sopa de remolacha subió a su garganta. Como pudo se dominó. El escalofrío lo hacía temblar: se apoyó en una de las camas: el cuerpo que la habitaba se palpaba tieso, yerto; todos los cuerpos, en ese lugar, parecían muertos; allí se ampliaba el galpón; el piso era húmedo, resbaloso, y se inclinaba sensiblemente hacia abajo: en su putrefacción no había un solo pollo escarbando; a la sola luz de los candelabros —allí no alumbraba un resto de amanecer, el hueco quedaba atrás— distinguió un racimo de cuerpos en fila arrimados a la pared, en cuclillas, casi desnudos, las manos sosteniendo y repartiendo sus propias cadenas alrededor, defecando encima de una especie de alcantarilla que transcurría al borde de la pared, como un arroyo: se podía oír el agua rastreando el declive de la construcción, hacia la luz inalcanzable, el perdedero.

Las monjas no cantaban en ese sector; sus cánticos quedaban atrás; rondaban únicamente las monjas repartiendo sopa en los pechos: diligentes, volátiles, continuaban con su tarea. En eso los cánticos del coro desaparecieron. Fue como si también la purulencia los ahuyentara para siempre, los separara del resto de camas y cuerpos, igual que una muralla. Atravesó por el hedor haciendo eses, y por primera vez tuvo miedo de caer, desmayarse de náusea, de espanto, de vejez. Sintió que los rostros en las camas ya comenzaban a determinarlo, *a él*. Ahora empezarían a llamarlo, y todas las manos se extenderían. Corrió hacia la luz, corrió hasta que el corazón desfalleciendo lo inmovilizó. ¿Tendría que arrastrarse, como en su sueño, para llegar? Lento, las manos extendidas, insistió. Ya arribaba al perdedero y la penumbra se clarificó con luz de amanecer: pero no se volvió a mirar más rostros: sólo percibía que lo miraban a él, y que podían ser otros rostros, distintos al suyo, o —tarde o temprano— él mismo mirándose a él.

Avanzaba con la paciencia de quien va lejos, ¿no dijo la enana que eso era el mismo lejero? Y allá estaba la puerta, en efecto, a lo lejos. Al fin podía distinguirla. Se sorprendió: era realmente una gran puerta al final, abierta de par en par. Mucho antes de asomarse a su umbral, cuando apenas iniciaba el camino, le había parecido únicamente un pedazo rectangular de cielo, como si en lugar de puerta se tratara de una ventana diminuta, una cicatriz en el muro. Ahora encontraba la puerta en toda su dimensión, la puerta de un gigantesco establo; su mismo dintel era una especie de terraza, de unos seis o siete metros de ancho por ocho de profundidad, sin barandas, como un mirador; ahora comprendía por qué se trataba de la entrada al abismo, el perdedero. Porque un frío de afuera vino hasta él y lo sobrecogió. Lo erizó como hielo invisible en la nuca. Al menos el aire puro lo recuperó de la fetidez. Respiró el frío, a bocanadas. Allí la luz del amanecer ya era blanca y lo deslumbró, al cruzar la terraza y asomarse. El impacto de viento helado lo erizó; el horizonte se abrió; desde allí el precipicio se volcaba: la montaña bajaba a ras. A sus pies sintió arremolinarse como un vértigo el paisaje, una caída del cielo y la tierra juntos, en espirales de niebla.

Dobló la cabeza: veía el pobre contorno de sus zapatos presentándose a la inmensidad.

Y descubrió el camino de un verde aguachento, casi blancuzco, que bajaba —desde sus pies, al filo de la terraza— hasta el distante lecho del río, un camino hacia abajo, un resbaladero que se extraviaba en la hondura contorneado por piedras y arbustos.

A no mucha distancia desembocaban las aguas de la alcantarilla; rodaba, sinuoso, el arroyo de la podredumbre.

Ahora se aterró: unos le habían dicho que su nieta se encontraba en el guardadero, y otros que en el perdedero.

Los más le habían dicho que en el perdedero, pensó, ¿o en el lejero?

«En el lejero, en el lejero», se repetía cuando sintió que alguien estaba a su lado. Era la misma monja que lo había llevado hasta allí, la monja que lo condujo hasta el hueco, en la tormenta. Tenía el rostro mucho más envejecido, las manos enlazadas, y sus ojos querían no mirar y miraban al abismo, al camino hacia abajo, con estricto horror, como si al fin se atrevieran a asomarse —sólo porque también él se asomaba, porque él se encontraba allí, acompañándola—.

—Es un camino de dolor —dijo.

Sus labios temblaban:

—Un camino trazado por los cuerpos que cayeron y que caen, que siguen cayendo y van a caer, el camino por donde se arrojan los encadenados muertos, los más enfermos, las cadenas amarrándolos aún, para que el río, abajo, los reciba, y sus aguas correntosas se los traguen.

La vio contraerse, el gesto desfigurado.

—Que Dios nos ampare —la oyó decir, santiguándose, los ojos inmersos en el vacío—: Es más lejos de lo que yo creí.

Un resuello de viento infló sus hábitos; parecía un ave disponiéndose a volar, pero a la fuerza. Su boca se movía, sin palabras. Después cada palabra sonó, teñida de miedo:

—Allí donde usted mira, al precipicio, ¿cómo ha podido atreverse a mirar?

Sus ojos se volcaban, alucinados.

—Allí se lanzaron la semana pasada la madre Beatriz y la hermana Brigitte. No pudieron con esto, Dios.

Se llevó las manos a las sienes. Buscaba el cielo:

—Como yo —dijo.

De pronto miró al abismo y gritó:

—Señor Dios, fuerza y calor de los corazones.

Él extendió inútilmente las manos.

El grito era como el cuerpo en la niebla rodando hacia el río.

XI

—Ay, ay, ay. Otra monja caída.

No lo reconoció, al principio. Tenía un sombrero de paja toquilla en lugar del gorro de lana con orejeras; se veía distinto, acaso más gordo, las cejas menos blancas, el rostro menos colorado, y estaba armado: la culata de un revólver abultaba su cintura. En medio del frío el albino transpiraba. Sacó del bolsillo la botella de aguardiente y se asomó al abismo, mientras bebía.

—Debieran agradecer —dijo.

Bebió un largo trago y tiró la botella al abismo:

—Pero se ponen tercas.

Seguía atisbando al abismo, como si hablara a susurros con la monja que se arrojó, como si la monja lo escuchara:

—Quieren además que les sirvamos a ellas.

Y gritó, con suavidad:

—Carajo, que se contenten con lo que tienen.

Y levantó los ojos al cielo, a su gran círculo de plomo:

—Cuidar de encadenados, con tal que no las encadenen, es un milagro de Dios.

Y se volvió a él, los brazos abiertos, la risa en la cara, ancha, luminosa de saliva, la voz estruendosa y borracha:

—Qué, viejo, ¿se acuerda de mí? Yo, aquí, me llamo Bonifacio.

De lo hondo del guardadero, un grupo de monjas se aproximaba al dintel de la gran puerta —especie de terraza— donde el perfil de los dos hombres despuntaba en la niebla. Tímidamente, como pidiendo permiso, las bocas y manos abiertas, mudas pero como si gritaran, las monjas querían asomarse también al abismo, o pretendían hacerlo. Era un rebaño congestionado; de vez en cuando el viento empujaba sus hábitos, brevemente, y los abombaba aleteantes, sonoros. El albino las espantó con un simulacro de aplauso.

—A trabajar benditas —les dijo—. Ay madrecitas, vamos a tener que guardarlas también a ustedes.

Las monjas huyeron del aplauso despavoridas; varias gritaron, mientras cruzaban de vuelta la terraza y se agazapaban a las más próximas camas, solícitas con los encadenados. De pronto se oyó la voz de uno de ellos, enronquecida, quebrada, «qué están haciendo ahora», dijo. Muchas de las monjas parecían llorar en silencio. Sobresalían, como si replicaran, los lamentos esporádicos, las cadenas que se arrastraban en lo profundo del guardadero.

—Usted me cae bien —siguió diciendo el albino. Se rascaba la cabeza por debajo del sombrero, como si se acordara de pronto de algo importante, definitivo—. Usted me cae bien —repitió. Y puso los brazos en jarra y sacudió la cabeza como arrepentido de recordar eso mismo—: Usted me cae bien —dijo.

Los lamentos lo interrumpieron otro instante; después decrecieron, desaparecieron empujados por un golpe de viento. Creyeron oír que también los lamentos se arrojaban al abismo, se desvanecían, absorbidos.

—Y si me cae tan bien es porque va a tener que decirme quién le permitió llegar a este lejero —dijo el albino y lo miró un instante, suspicaz. Después miró sin mirar al guardadero, hacia las monjas más próximas, medio sumergidas en la penumbra, todavía espantadas. Era como si nunca se hubiese enterado de la presencia de las monjas—. Quién lo trajo —dijo, mordiendo cada palabra—. Por qué aceptó las ayudas sin consultarme. Eso es como un insulto para uno, que lo saludó por primera vez, que le dio fuego. Saber quién se atrevió a traerlo me da curiosidad, ¿sabe?, quién se atrevió en este pueblo.

Él pensaba en la monja que se lanzó al abismo: fue ella quien lo condujo al lejero, en la tormenta, ¿o fue el carretero? Y sólo dijo:

99

—Busco a mi nieta.

—Eso ya lo sabemos —repuso el albino. Y sonrió—: Yo le pregunto quién lo trajo al lejero.

—Todos.

—¿Todos?

Los ojos del albino lo acorralaban. El silencio pareció intimarlos, hasta la confidencia.

—De pregunta en pregunta vine hasta aquí.

—¿Cierto? —le salió al paso el albino—. Como de salto en salto.

—Mostré la foto. Alguien me dijo que era posible que la encontrara.

—¿Alguien?

—Alguien.

—Usted me cae bien —dijo el albino—. Usted es como sordo y por eso no nos entiende. Vea, acompáñeme.

El albino lo rodeó con su brazo y bordearon el filo del abismo; se diría que iban a precipitarse abrazados. Pero el albino se detuvo, lo detuvo, en el extremo derecho de la terraza, al remate de la construcción del convento, y señaló con el dedo esa última orilla: una prolongación —en el edificio de ladrillo— que avanzaba como una redonda nariz sobre la inmensidad. Detrás de ella quedaba la otra orilla del abismo, y la carretera —la franja del pueblo que colindaba con el abismo. El dedo del albino insistía en señalar ese costado del convento. Y ahora se volvió a él:

—Ese es mi otro camino para volver —dijo—, sin tener que regresar por entre todos estos consentidos —su boca señaló despectiva al guardadero; después indicó otra vez la nariz de ladrillo, de la altura de siete hombres, que parecía flotar en el vacío. Su parte inferior era cruzada por un resalto de ladrillo. Eso era lo que la boca del albino señalaba—: Sólo hay que subir al borde, y ojalá sin mirar para abajo, ¿me entiende?, hay que cruzar ese borde como un río, son apenas veinte pasos, ya los he contado, no es la primera vez que sirvo de guía.

Sonrió:

—Y, al final, nos trepamos al morro de tierra, ¿sí ve?, llegamos al tope y pasamos y después bailamos de alegría. Siga primero que yo lo sigo.

Él siguió quieto.

—Siga siga.

El brazo del gordo lo acercó todavía más al rincón que daba a la saliente de ladrillo. Esa punta de nariz debía cubrir seguramente la cocina del convento, porque parecía el cascote de un ciclópeo horno de barro suspendido en el abismo; su curvada pared, brillante de lluvia, limosa, apuntaba al sumidero. El borde era de ladrillo, justo del ancho de un ladrillo; la cornisa recorría ese último tramo del convento igual que una larga arruga inferior en la nariz, formada por ladrillos húmedos, verdosos, gélidos.

La mano lo empujó delicadamente contra la nariz. La mano estaba cálida; el gordo hervía.

Otro lamento de encadenados se dejó oír, débil, como pugnando por regresar del fondo del abismo. Después oyeron que el viento se apartaba de ellos, viraba lejos de la terraza, tumbándose a lo hondo como un gran suspiro. Lo oyeron abajo vagar sobre el río.

—Siga, siga.

Él se dispuso: ¿tenía otra opción? El albino lo miraba con fascinación. Y le dijo, a susurros, mientras él levantaba una rodilla y plantaba su zapato en el filo, de cara al ladrillo, y después ponía el otro zapato, pegado a la pared, y empezaba a avanzar, uno, dos pasos, las manos extendidas a uno y otro lado —a la altura de su cabeza—, los dedos engarfiados a la juntura de los ladrillos, un extraño insecto medio agazapado sobre el abismo, un temblor rígido, le dijo:

—Debió quedarse en la iglesia cuando escuchó decir lo que dije, hablaba de usted, ¿pero de quién más podía hablar, viejo?

—Yo no lancé piedras a los niños —repuso él, y se detuvo. Su cabeza volteó a mirar por última vez al guardadero. Sus ojos remontaron el distanciado umbral, horadaron las sombras como demandando desesperados el auxilio de las monjas, de los mismos encadenados—. Quiero encontrar a mi nieta —dijo.

—La última vez que la vi —repuso el albino— le daba teta a un niñito. Fíjese, es posible que ya sea usted bisabuelo.

Y se subió de un salto gozoso al filo de ladrillo, también de cara al ladrillo, lo alcanzó y, con una mano, lo palmeó en la cabeza dos, tres veces:

—Siga siga —le decía—. No tenemos todo el tiempo.

Ya muchas de las monjas volvían a la terraza, para asomarse al abismo, y escrutaban el camino de cuerpos, el río, buscaban infructuosamente el último cuerpo desaparecido, el cuerpo de otra monja, y después los contemplaban a ellos, finalizaban contemplándolos sólo a ellos, en un silencio estupefacto, los señalaban, se persignaban.

Una de ellas empezó a orar.

—Calladitas calladitas —oyeron la voz del albino. Se sonreía. Avanzaba y lo obligaba a avanzar, en el silencio de pánico, sobre la gris oquedad del horizonte.

Él movía rodilla tras rodilla con una lentitud de siglos, el hueso de cada rodilla pegado al ladrillo: sentía su propio corazón retumbando. Su gesto de gancho aterrado causó una carcajada al albino, que se conmocionó, tembló, y golpeó festejando con la mano la pared. De pronto el sombrero de paja rozó el ladrillo, se ladeó sobre la frente del albino, resbaló por el sudoroso cuello y se sumergió al abismo igual que un pájaro. Las monjas vieron volotear el sombrero hacia el río, más lento que rápido, detenido, encumbrado y vuelto a detener por los soplos de viento, hundido hasta desaparecer en la niebla.

La monja que oraba oró más, con más fuerza. Ahora la voz del Albino se oscureció:

—Así me van a desconcentrar —dijo—, monjas de mal agüero.

XII

El precipicio se hundía debajo de ellos; parecían dos hojas minúsculas en el paisaje de piedra, vertical. Prensados con las manos a la pared siguieron avanzando hasta la mitad de la nariz. En ese filo destacaban sus siluetas contra el cielo, sobre el cielo, como briznas.

—Qué —dijo el albino—, ¿nos damos aquí un respiro, justo a mitad de camino? Siga, siga.

Pero él no seguía; y no tanto por el temor a caer sino porque lo abandonaban las fuerzas. Sus dedos se entumecían en las junturas de ladrillo. Su mejilla, su pecho. Se sentía abrazado a una lámina de hielo. Tendría que cambiar de posición, al menos, o su rostro y su corazón acabarían por congelarse. Entonces se dio vuelta, cuidadosa, dolorosamente, y se puso de cara al abismo, la espalda adosada a la pared, los brazos extendidos como un crucifijo, el rostro ladeado.

—Ah bruto —gritó el albino—. ¿Ya se quiere mandar?

Y, sin embargo, también él hizo lo mismo: también él, a pesar de que sudaba, se congelaba en el corazón, pegado al ladrillo. Prefirió poner las espaldas. Miró abajo y gritó:

—Mi sombrero, mi sombrerito, ¿dónde está mi sombrero?

Volvió a reír:

—Si yo fuera niño cruzaría por aquí en menos de lo que canta un gallo.

Se recostó contra el hielo como si se sentara a descansar.

—Ahorita —dijo—, cómo hace de falta la botella, ¿sí?

Y lo palmeó en el hombro:

—Siga, siga.

Él hacía lo imposible por no mirar al abismo, resistirse a esa especie de imán, el vértigo azul debajo de sus pies que temblaban.

—Qué —gritó el gordo—, ¿quiere que charlemos un poquito?

Su mano lo aferró por el brazo:

—Siga, siga, siga nomás.

—Suélteme —se desasió de la mano y continuó avanzando. Cuando ya se acercaba al borde, donde acababa la pared y empezaba el morro de tierra que tendrían que remontar para salvarse, volvió a adelantar una pierna y cambiar de posición, obligado por el hielo que traspasaba su piel desde cada ladrillo; en ningún otro lugar de su memoria había sentido tanto frío; era como si se le calcinaran los pies del puro frío, pensó; el frío llagaba; puso de nuevo el rostro contra el ladrillo y recibió en la plenitud de la espalda el soplo del frío. Era el viento que empezaba otra vez a pegar contra ellos, como si no estuviera de acuerdo.

—Ay —dijo el Bonifacio—, nos vas a azuzar, vientecito, nos vas a azuzar.

Porque el viento giraba delgadamente en medio de ellos, giraba como serpiente entre sus cuerpos y el ladrillo y los ayudaba a temblar más, compenetrándolos de más frío. También el Bonifacio, entonces, cambió de posición. Avanzó la pierna y empezó a darse vuelta en ese instante, cuando el viento se adelgazaba más, como cuchillos; sus manos congeladas ya no lograban asirse de las junturas.

—Putas —dijo—. Creo que voy a echarme un vuelito. Y quiso reír. Volvió a quedar de cara contra la pared, pero ya sus hombros no rozaban el ladrillo, sus manos no lo ayudaban. La sorpresa lo abrumó, el desconcierto. En un gesto desesperado, casi levitante, avanzó otro paso y volvió a situarse de espaldas, ahora próximos los dos, rozándose:

—Tengo que calentar las manos —dijo suavísimo, como en secreto—. Nunca hizo más frío, ¿por qué carajos me vine a pasear?

—Falta poco —dijo él.

—Ayúdeme.

Asentó su delgado pero nudoso brazo contra el pecho del albino, lo empujó contra la pared, mientras el albino se refregaba las manos.

—No las siento —decía—, no las siento en ningún dedo.

—Falta poco.

—Madre.

El viento merodeaba acariciando el borde de ladrillo; oían ahora su ronco silbido subir hasta los cuellos, meterse por los poros. Sentían cada uno de sus empujones levísimos, instantáneos, pero empujones.

—A qué juegas, Bonifacio —se oyó una voz.

Vio, a su derecha, en la cima del morro, la figura ennegrecida del carretero, contra el cielo de plomo. Y, después, apareció la cara del tendero, el cuello, el pecho, las piernas, los zapatos, y la cara de otro hombre desconocido.

Entonces, sucesivamente, se asomaron a ellos, en silencio, otros rostros, otros cuerpos, conocidos pero desconocidos, pensó: distintos. Al carretero, por ejemplo, lo vio gigantesco, inalcanzable, sus ojos más fríos que el ladrillo que congelaba. Y percibió, al tiempo, los primeros pedazos de niebla diseminándose, fragmentando los rostros que se asomaban, velando las manos, escabulléndose en el aliento, partiendo los cuerpos en dos.

Indiferente, a tres o cuatro pasos del carretero, en la comisura de la cúspide, el tendero seguía asomado al abismo. Se oyó como si se riera.

—Qué tercos —oyeron su voz, despreciándolos.

—Venga con nosotros —le dijo ahora el carretero, dirigiéndose únicamente a él—, venga de una buena vez, viejo, que acá lo esperan. Se lo merece.

Miró en la dirección que le indicaban: divisó, más atrás, en la orilla de la cumbre, entre el corro de hombres y mujeres estáticos, pálidos en la distancia —las caras como grandes gotas de cera—, a su nieta. Había enflaquecido tanto o más que él, y estaba llorando. Descubrió que ambos lloraban, «Ella y yo», pensó, pero ya no pudo pensar más porque el miedo y el vértigo regresaban. A uno y otro lado de su nieta asomaban las mujeres, entre ellas la enana, absorta. También la dueña lo divisaba, pendiente de sus gestos, como si todavía lo vigilara. Y advirtió, siguiendo el filo lejano, amarillo de niebla, en las aristas del abismo, sentados en piedras enormes, como sembradas al margen, a los niños. Uno de ellos, el mayor, llevaba ahora la cabeza de anciana bajo el brazo: la elevó con ambas manos, se la enseñó un instante, como si pretendiera explicar algo —o simplemente burlarse—, y la arrojó al cielo, igual que una pelota: se la tragó la niebla antes que el abismo. El niño siguió espiándolo, pero ya él no lo atendía. Lo subyugaba otra vez el abismo: le pareció adivinar al cóndor, volando debajo de ellos, como si los aguardara. Creyó verlo en la mitad de un segundo, aparecer y desaparecer tras un instante de niebla.

—¿Y no acaban de caer? —dijo el tendero, el cuello estirado, adelantando todavía otro paso en la cima. Continuaba reconociéndolos, ensimismado. Después, imbuido en la más absoluta indiferencia, se quitó los anteojos y empezó a desempañarlos con la punta de su bufanda.

Quiso despertar del vértigo. Su nieta estaba allí, se dijo. Se lo repitió mil veces, como si se convenciera. Ahora distinguía, confusamente, al desconocido. Por primera vez lo determinaba, y eso a pesar de que el desconocido era quien más próximo estaba a él, desde su sitio en la cima, todo ese tiempo. No supo desde hacía cuánto los apuntaba con ese fusil —a él y al albino, alternativamente—.

—¿Le hago? —lo oyó preguntar a los otros.

El carretero negó con la cabeza.

—¿No? —preguntó el desconocido.

—No —dijo el carretero.

El desconocido dudó un segundo.

—Da lo mismo —dijo. Y dejó de apuntar y dejó de asomarse al abismo. Pronto la niebla comenzó a tragarse sus hombros, su espalda.

Un clamor como un desgarramiento los interrumpió. Los que se asomaban voltearon las cabezas, los ojos alumbrando entrecortados. El clamor no partía de ellos sino de atrás, ante el abismo: cruzada por tiras de niebla, la terraza era un tumulto de monjas que rezaban.

Nadie dijo nada. A nadie parecía importarle.

Congelado, pero vivificado por la ansiedad, él seguía explorando la cima. Difícilmente alcanzó a distinguir otra vez el perfil de su nieta. Se cubría los ojos con las manos. Seguía llorando. Oyó su voz empañada —un quejido aterrado—, y casi no pudo entenderla:

—Que vengas acá —decía—. Ya me quitaron las cadenas.

Tampoco eso pareció importarle a nadie. Nadie dijo nada.

—Qué —pudo hablar el albino, sin voltear a mirar a los asomados. Era como si todavía una lejana rabia embraveciera sus palabras—, ¿contentos de verme en equilibrio?

—Este Bonifacio ya se nos estaba poniendo muy borracho —dijo el tendero, sin dirigirse a nadie.

—Te creíste el mandadiós —dijo el carretero—. Nadie le ha tirado piedras a los niños, carajo.

Desde la cima, reemplazando la ausencia del desconocido, se oyó la voz de la enana: no quitaba los ojos incendiados del albino.

—Que se pegue su buen golpe para siempre —dijo.

El carretero se acostó bocabajo, medio cuerpo por fuera del morro, el brazo extendido, la mano dispuesta:

—Venga, viejo, suéltelo, o justo cae por pecador.

Oyeron barbotar el pecho del albino; era como si intentara decir algo y no le salieran palabras sino agua oscura en los labios.

Él ya no lograba estrechar el cuerpo del albino contra la pared. Apenas alcanzó a avanzar hasta el morro, engarrotado, y extender un brazo. La mano del carretero lo izó como a un leño. Él se tumbó en la tierra, a su lado. Le dolía el corazón. Quería abrazarse a su nieta. Quería huir. Pero volteó a mirar para abajo, al filo de la nariz. Allí seguía el hombre que dijo que en este pueblo se llamaba Bonifacio. Tenía los ojos cerrados. Se derrumbó al abismo, sin una palabra.

Bogotá, 2003

«Para viajar lejos no hay mejor nave que un libro.»

Emily Dickinson

Gracias por tu lectura de este libro.

En **Penguinlibros.club** encontrarás las mejores
recomendaciones de lectura.

Únete a nuestra comunidad y viaja con nosotros.

Penguinlibros.club

Penguin
Random House
Grupo Editorial

 Penguinlibros